C'est de fatigue que se ferment les yeux des femmes

DU MÊME AUTEUR

Métro Ciel, Actes Sud, 1996.

Je vais tuer mon mari..., Bartillat, 1997.

Ce que dit le vent d'Ouest, Jean-Paul Rocher, 1998.

La Trace, Bartillat, 1999.

L'amante océane, Jean-Paul Rocher, 1999.

RC4, Route du sang au Tonkin, L'Atelier des Brisants, 2000.

Plus marine que la mer, Jean-Paul Rocher, 2001.

Bernard Noël ou Achille immobile à grands pas, Jean-Paul Rocher, 2002.

Claire Fourier

C'est de fatigue que se ferment les yeux des femmes

Récit

BARTILLAT
21, rue Servandoni, 75006 Paris

À ma fille Lucile,
à ma petite-fille Annabelle

Oh ! Il y a une étoile qui s'est éteinte...
– Elle se rallumera ailleurs.

MONTHERLANT, *La Reine morte*

La mort ressemble à un astre qu'on cesse de voir
quand on le regarde fixement.
On ne l'entrevoit qu'en promenant le regard
à gauche et à droite.

JANKELEVITCH

I

Le vendredi

Le ciel était bleu, l'air était tiède, quand je suis arrivée en hâte dans mon pays natal, à sept heures et demie du soir, le 7 juillet 2000. – En hâte, quoique sans appréhension.

Les pneus de ma voiture ont crissé sur le gravier dans la longue allée bordée d'hortensias dont les massifs anciens, très hauts, font une digue de fleurs violettes réputée dans le village. Vite j'ai arrêté le moteur. Vite je me suis tournée vers la maison-mère.

Les volets étaient fermés.

Ce fut un jour absolu : tel qu'on peut le marquer d'un zéro parce que le zéro est l'absolu.

Un jour non relatif, qui a existé indépendamment de tout.

Un jour saint : séparé.

Un jour qui n'est pas du ressort de mes connaissances, m'a donc plongée dans la stupeur, et fait qu'un an plus tard j'en reste soufflée.

Un jour où la pensée devient plate comme une carpe, quoique s'agitant comme elle parce que harponnée par l'impensable.

Un jour où la bouche s'ouvre sur un abîme ; et, le sachant, se retient de parler ou bien ne trouve plus de mots, hormis les trois qui ponctuent cet impensable, trois petits mots incapables de franchir les lèvres et qui tournent en rond entre esprit et langue : *maman est morte*.

Encore aujourd'hui je me dis, redis ça pour voir s'il est possible que cela soit. Je reste incrédule. Or, je constate : ma mère n'est plus. C'est parce que le jour fatidique s'est éloigné que le constat sollicite avec force ma pensée, et que je peux – en dépit d'accès incoercibles de tristesse – mettre des phrases sur le fourmillement des impressions, le vertige des sensations, la foison des sentiments, le tourbillon d'idées contradictoires qui m'ont alors assaillie. Je sais toutefois que je n'approcherai la vérité de ces heures qu'en titubant, en divaguant.

Ce fut une étrange absinthe, je peine à revenir de cette ivresse.

Dire que ma mère s'est éteinte ne convient pas : s'éteindre suppose un minimum de lenteur. La fulgurance de sa pensée commandait à Ariane une élocution rapide, sa nervosité lui dictait des gestes précipités que l'âge n'avait guère assagis, – au contraire. Ainsi est-elle partie comme elle a vécu : un beau jour, crac, elle a pris la tangente. Elle s'est rendue à la mort comme elle se rendait en visite : à l'improviste.

Ma mère est morte de *mort subite*.

Il y a dans cette expression une contradiction légère : subir signifie endurer. Justement, la mort d'Ariane s'est pas inscrite dans une durée. Contradiction mais à peine, subir étant le contraire d'agir : Ariane a cessé d'agir d'un seul coup. C'était l'été.

C'est l'été. À l'église du village, les cloches sonnent une heure de l'après-midi.

L'impatience était la maladie de ma mère. Aux environs d'une heure de l'après-midi, elle est morte de sa maladie, justifiée d'après elle par Kafka dont elle répétait les mots à l'envi : « Il n'existe que deux sortes de gens : les impatients et les négligents ! »

Ce vendredi-là, assise à la table de la cuisine, elle déjeunait – seule. Veuve depuis l'âge de cinquante-deux ans, forcenée de la fidélité, elle ne s'appuyait plus sur une épaule masculine le jour, la nuit ne faisait plus l'amour, s'endormait seule ; il va de soi que ça l'usait.

Ma mère a senti venir un malaise. Elle s'est levée, a repoussé sa chaise, et s'est trouvée tout près de la paillasse de carrelage. Où le malaise l'a violemment saisie. Elle a chancelé. Sa tempe a heurté l'arête d'un carreau de faïence, près de l'évier.

Elle s'est écroulée, assommée.

Avant de repousser sa chaise, elle a dû se dire : C'est bizarre, je ne vois pas très clair. Elle avait en effet chaussé des lunettes sans verres ; c'est ainsi qu'on l'a trouvée. C'était une vieille monture en écaille. Depuis quelque temps, ma mère faisait une fixation sur ses lunettes et me téléphonait à tout bout de champ : « Il faut que je les change, Caudie, tu ne crois pas ? » Qu'importait que je croie ou non. Ariane n'en a jamais fait qu'à sa tête. Une tête arc-en-ciel. De ses tiroirs elle avait sorti les jours précédents un petit musée de lunettes démodées, à double foyer. Je les ai retrouvées alignées sur son bureau.

Elle déjeunait. Vite, ce jour-là comme les autres, pour se réchauffer ; vite, ce jour-là comme les autres, parce qu'elle avait l'esprit ailleurs et mastiquait sa viande à la vitesse de sa pensée. Le sang de ma mère pour un oui pour un non ne faisait qu'un tour. La pensée qu'elle remuait a naturellement remué son sang. Qui a couru en aval, qui a couru en amont. Le flux de sang charriait un caillot. Émotion, tension, et quelle décharge d'adrénaline ? le caillot est monté à la tête, vlan ! Tout lui montait à la tête, du reste. La plus impressionnable des femmes.

Un petit grumeau de rien du tout, inopiné, a coupé court à la vie de ma mère. Il a cisaillé net le fil de pensées un tantinet décousues, mais bâties quatre-vingts ans durant.

Tout de même, il a dû y avoir ce jour-là une émotion particulière. Bien qu'à vrai dire elles fussent toutes particulières. Mettons : un affolement encore plus vif. Au sujet de quoi ? On meurt de tant de choses accumulées ! Ariane accumulait les peurs. Elle avait peur de tout, et ne pouvait s'empêcher de faire comme si elle n'avait peur de rien. S'élançant vaille que vaille, inlassablement elle relançait sa peur. Ainsi était-elle devenue – sur ses vieux jours – une biche de cristal dans une inextricable forêt d'épouvantes.

Et j'incline à croire qu'elle est morte de peur.

En fait, ma mère est morte d'un infarctus cérébral. Un ACV, disent les médecins. L'accident vasculaire cérébral est une cause de mort très répandue ; de cette mort qui *prend sur le vif.*

À deux heures, la femme de ménage a sonné. Chose inhabituelle, la maison était fermée à clé. Ariane s'était enfermée comme si le soir était venu. Comme si. Elle laissait la nuit la clé dans la serrure pour mieux se préserver du voleur. La grande Voleuse est entrée sans effraction, mais la femme de ménage et mon neveu, tels des petits voleurs, ont dû casser une vitre et entrer par la fenêtre.

Ils ont trouvé Ariane allongée par terre, inanimée. Il vaudrait mieux dire : ex-animée : ma mère n'était plus dans son âme, ou son âme était sortie d'elle. Elle était couchée sur le côté, les bras étendus.

Elle n'a visiblement fait aucun effort pour ramper ou se redresser. Ce qui laisse penser qu'elle est tombée sans connaissance.

Quoi qu'il en soit, depuis un an je vis avec l'idée fixe qu'allongée sur le sol de la cuisine, l'esprit de ma mère a lentement sombré et qu'une heure durant elle a pensé. Pensé de façon tragique. Pensé vite pendant un temps qui lui a paru une éternité. Vitesse abominable. Abominable veut dire : qui plonge dans l'horreur. Ses prunelles auront vu passer à toute volée une foule de choses. Pas trente-six chandelles, une constellation étourdissante d'images.

Je n'étais pas là. J'ai été là si souvent. *Au moment voulu*, je n'étais pas là. Depuis un an, je me répète ça.

Et à cause de ça, j'éprouve le besoin impératif de mettre mes pas dans ses derniers pas. Plutôt, dans l'arrêt de ses pas.

Au vrai, il y a une autre cause : je ressemble à ma mère comme deux gouttes d'eau. Mais c'est mal m'exprimer. Ariane et moi, nous nous ressemblons comme deux gouttes d'eau. Instinctivement, je mets la ressemblance au présent. À tort, puisque Ariane n'est plus. À raison, puisque je suis encore. Depuis que je suis née, on me rebat les oreilles avec ce refrain-là : « Comme tu ressembles à ta mère ! » De l'avis de tout le monde, je lui ressemble comme une goutte d'eau à une autre.

On le dit encore plus depuis qu'elle est morte. Je marche dans les rues du village : « Comme tu ressembles à ta mère ! Les mêmes traits ! la même silhouette ! les mêmes gestes ! la même façon de parler ! On croit la voir ! » J'entends même dire : « Elle n'est pas morte, elle est là ! »

Là, c'est moi.

Depuis un an, je prends la mesure de cette ressemblance. Quand parfois sur son gilet rouge que je porte, je noue un tablier sur lequel j'essuie les paumes de mes mains, si je sors machinalement un mouchoir de la poche, d'autres fois quand je vois dans le miroir remuer mes poignets tandis que je brosse mes cheveux, ou encore quand je suis assise dans le métro, pensive, mains posées sur mon sac, il m'arrive brusquement de manquer d'air.

De mon air à moi : – je suis ma mère !

Je crois du reste que c'est parce qu'elle est morte très, très vite, que je lui ressemble tant aujourd'hui. Mes pages vont tâcher d'expliquer ça.

Quand donc on a découvert Ariane étendue entre la table et l'évier, elle n'était arrivée ni au bout du morceau de viande ni au bout de la pensée qu'elle mastiquait. Sa vie mentale n'était pas tarie, quoiqu'elle fût bel et bien morte. Ma mère n'avait pas fini de charrier son flot vital, ayant encore quelque chose à rouler, rouler vite dans sa tête.

Du coup, j'ai senti que je devais me mettre martel en tête pour développer un laps de temps court-circuité, endosser la pensée en train, accomplir l'acte inachevé par le cortex de ma mère, autrement dit reprendre, tel un flambeau, un bout de vie non vécue.

S'est imposée à moi l'idée que je devais remonter le long du dernier soupir de ma mère, puis redescendre le courant du fleuve nommé *Souffle*, jusqu'à son... embouchure.

In memoria.

On ne sait pas assez que mémoire veut dire préoccupation. C'est sans doute parce que je ressemble à ma mère *comme c'est pas permis* que cette idée m'a sur-le-champ *obligée*.

Sur-le-champ : quand je l'ai vue morte. C'était quelques heures plus tard. J'aurais dû être à table, en face d'elle, la servant. Pour une raison que je n'ai pas fini de regretter, j'avais retardé d'une semaine mon arrivée.

Roland, un de mes frères, habite la maison voisine de celle de notre mère. Le premier alerté, il m'a dit : « Maman est morte. »

Je vais trop vite – quoique je m'efforce d'écrire lentement, sans rature, en formant bien mes lettres, comme je ferais attention à mes pas si je descendais un escalier obscur accroché à un gouffre, ou simplement comme, sur la dune, je tenais le bras d'Ariane tandis qu'elle marchait tête baissée, courbée par les rafales de vent et de soucis, portant désespérément sur ses menues épaules le poids du temps, le poids du monde.

C'est d'abord mon mari qui m'a parlé. Je venais d'ouvrir les volets d'une maison d'été, j'avais juste fait découvrir la mer à un bébé, et tirais la poussette sur le gravier de l'allée. L'été était bleu aussi là où j'étais, à deux cents kilomètres.

« Ta mère ! »

Depuis le temps que ma mère dit ne pas aller bien, depuis le temps qu'elle pleurniche sur sa fatigue, je ne m'étonne plus quand on me dit : « Ta mère ! » Qu'est-ce qu'elle a encore, ma mère ? Elle me poursuit partout et toujours, petite ombre plus pendue à mes basques que mon ombre propre. Elle veut me parler, elle a besoin de gémir ? Bien sûr. Depuis des années j'écoute, je peste un peu, j'acquiesce, je ponctue, attentive au soliloque plaintif qui constitue sa respiration. Oui, maman, oui. La priver de son lamento serait criminel, et criminel aussi d'exiger d'elle un discours raisonné. Il y a quelque temps déjà que ma mère n'enchaîne plus les arguments. Elle saute d'une intuition à l'autre, les raisons viennent plus tard, ou ne viennent pas. Sa pensée fuit un malheur, court vers un bonheur, qui se révèle un malheur, qu'il faut donc fuir. Cela fait d'Ariane une volcanique-dépressive, difficile à suivre – et à vivre. Pour n'être submergée, j'écoute les choses de ma mère tout en pensant à mes propres choses (parfois j'épluche les légumes, téléphone coincé entre l'oreille et l'épaule).

Mon mari n'a rien dit de plus. Alors tout de même : « Ma mère, quoi ? – C'est grave. » J'ai levé et froncé les sourcils. « Grave ?... Un autre accident ? Elle est à l'hôpital ? » C'est que trois semaines auparavant, elle avait eu un premier malaise dont, niant la nature, elle n'avait voulu tenir compte.

« Plus grave que ça », a dit l'homme.

Je me suis tue, ne pensant à rien, plutôt faisant spontanément une sorte de vide en moi comme s'il ne fallait surtout pas que je pense avant d'entendre la suite. Une sorte de vide ou une sorte de mur, je ne sais pas. Il a précisé :

« Morte, elle est morte. »

Ça n'a rien signifié du tout.

L'homme était debout sur la terrasse, j'étais en bas des marches. Je n'ai perçu qu'une espèce de jouissance chez celui qui, sachant ce que l'autre ne sait pas encore, enfonce le fer à son gré. Il m'est venu à l'esprit que l'être humain est cruel. Pensée banale, impersonnelle. Plus tard, j'ai fait part à l'homme de ma réaction. Il dit que je suis aussi folle que ma mère. Forcément je suis folle, selon lui, puisque je ressemble à ma mère comme une goutte d'eau à une autre !

Sur le coup, je n'ai pas eu mal. J'ai même souri, de ce sourire qui vous vient face à une invraisemblance. J'aurais pu hausser les épaules aussi bien.

Dès le coup porté, j'ai lâché la poussette du bébé, bondi dans la maison et sauté sur le téléphone : « Roland ! Qu'est-ce qu'il y a ? – Ton mari ne t'a pas dit ? – Si, mais... »

Je voulais qu'il nie. Or, il a dit :

« Maman est morte. »

Quand on entend cette phrase-là, on n'y croit pas.

Maman, c'est la chaleur ; morte veut dire : froide. Maman, c'est la présence ; morte veut dire : absente.

Maman, morte. Les deux mots ne vont pas ensemble. Les plus incompatibles qui soient. Maman froide et absente ! Elle ne tient pas debout, la petite phrase de Roland ! La chaleur de maman, la seule qui soit une bonne tiédeur, n'a pas pu disparaître. Maman aurait lâché prise ? Aurait cessé de parler, de penser, de couver sa progéniture ? Elle n'était plus dans l'air que je respirais ? Billevesées !

Séance tenante, il fallait imaginer maman ABSENTE.

Je me suis mise à marteler : Maman ! Maman, je m'adresse à toi !... La merveille de ce vocatif ne pouvait pas tomber dans le vide... Allons ! mon frère plaisantait, bien que sa voix fût pleine de sanglots... Maman, morte...

Comment ça, morte ?

Puisqu'on me disait qu'elle l'était, j'ai fait comme si. « Tu arrives ce soir ? – Bien sûr ! » Roland a été bref. J'ai raccroché.

Vite, j'ai fait mon bagage. Une jupe noire, un pull noir, une veste noire, des souliers noirs. J'ai été capable de ranger dans un sac des vêtements choisis. Quoique l'esprit engourdi par un curare, je me voyais faire des gestes sûrs, étonnée qu'une part de moi puisse s'appliquer à des détails quand, me semblait-il, la vie entière aurait dû s'arrêter. Vite aussi, j'ai préparé le bagage du bébé afin de le confier en route à l'autre grand-mère. Puis j'ai couru à la voiture, laissant tout en plan.

Personne n'avait plus d'existence – que ma mère.

Je suis partie la rejoindre.

Sur la banquette arrière, le bébé gazouillait. Moi, je me répétais : *Maman est morte.* J'avais enregistré ce que mon frère disait, mais restais incrédule. On n'est pas incrédule sans raisons de l'être !... Des raisons, il ne pouvait y en avoir qu'une seule : Maman, tu n'es pas morte !... Et si tel est le cas, mon énergie va t'instiller du souffle, vite fait bien fait !... Toutes les mères un jour ou l'autre meurent, je sais bien que c'est le sort commun... Mais toi, maman, tu ne peux pas mourir.

Ou pas vraiment : c'est rattrapable.

J'avais deux heures de route. Je roulais vite. Pour rattraper le temps. Pour rattraper ma mère. Je l'avais si souvent retenue au bord de l'abîme. La partie n'était pas jouée puisque je n'avais pas dit mon mot. Mon mot à moi devant la mort de l'autre. Ariane et moi, avons ensemble revu et corrigé tant de choses. Ne t'inquiète pas, maman, j'arrive pour remettre en question ce qu'a dit Roland ! Gare à la mort ! Nous allons stopper ça et rebrousser chemin ensemble dans la vie – *illico presto* !

Je roulais vite, et n'étais pas triste du tout. Le ciel était bleu, les arbres étaient verts, la mer au loin bleu-vert.

L'absence que j'aurais dû ressentir se fondait si bien à la transparence de l'air qu'il y avait de la légèreté dans ce que je ressentais. Or, la mort est une chose pesante. Donc maman, tu n'es pas morte, bien sûr que non !

Près d'une bretelle de l'autoroute, Jacqueline m'attendait. Je lui ai parlé en souriant. Le bébé a changé de voiture. J'ai continué seule. Et roulé encore plus vite ; je connaissais chaque virage.

Face à la rade de Brest, j'ai traversé le pont de Plougastel, admirative devant les filins en forme de voilure ou de toile d'araignée marine, et me suis réjouie que l'homme soit si doué pour la beauté. La rade s'ouvrait sur un infini aérien, ça ne pouvait pas ne pas réjouir le cœur.

Passive, j'assistais à la mise en place en moi d'un jeu de forces destiné à me faire marcher sur les eaux. C'est à quoi sûrement fait allusion la parabole de l'Évangile. Pas à la foi, à l'émergence de forces antinomiques, insoupçonnées, qui empêchent que nous butions dans l'événement et nous y fracassions le crâne.

Je roulais en répétant à voix haute : Maman !

Inconsciemment je mettais l'accent tonique sur la première syllabe, non sur la seconde. Et déjà ça changeait tout. Je n'appelais pas maman dans la pièce voisine, je déplorais le tour pas drôle du tout qu'elle était en train de me jouer et l'en blâmais gentiment. Maman ! Fatiguée, je veux bien, mais hors de combat, toi ? Maman ! tu ne finiras donc jamais de m'en faire voir de toutes les couleurs ?... Mon oiseau de paradis n'avait pu partir à la diable, il serait au bout du chemin ; j'allais lui remonter et les bretelles et les ailes.

La voiture ne roulait plus, elle volait.

Sur les panneaux indicateurs, les noms géographiques du pays natal n'auraient du reste pas été là si ma mère avait été morte. Ils forment avec *maman* un tout indissociable : le tout de l'enfance. Puisque je reconnais les noms, puisque je lis : Brest, Saint-Renan, Ploudalmézeau, je reconnaîtrai maman tout à l'heure. À Lanrivoaré, une déviation a ralenti ma course, je me suis égarée sur un chemin vicinal, bien la preuve que c'était un jour ordinaire ! J'ai foncé pour rattraper le temps perdu...

On me reproche souvent ma vitesse. Elle me caractérise, paraît-il. Pourtant il y a peu, Ariane m'a dit, parce que m'activant à ses fourneaux je ne l'appelais pas assez vite à table : « Ce n'est pas que j'ai faim, mais... je te trouve lente, quoi ! » J'avais remué la cuiller de bois en riant de bon cœur.

Je vais moins vite que ma mère parce que je ne suis pas octogénaire : je maîtrise mes hâtes. Or, je lui ressemble tant qu'un jour viendra où j'irai aussi vite – car tout s'emballera à l'intérieur de moi. Ce temps viendra, j'en ressens les prémices. Ça s'appelle : perdre les pédales, de s'échauffer de la sorte. Il y a des moments où je sens que je commence à les perdre. Comme Ariane a commencé à l'âge qui est le mien.

Aujourd'hui je vais lentement : le coup qui me fut asséné fut brutal, je n'y peux revenir qu'avec d'infinies précautions. J'écris depuis deux heures. En pesant chaque mot. En calquant mon rythme sur celui de la pluie d'été.

Ce 7 juillet 2001, elle chute en gouttes tièdes, pas pressées, sur la pelouse d'où monte une buée d'argent qui atténue les formes... et la peur d'écrire. Si la pluie ne tombait ainsi, c'est la plume qui me tomberait des mains. Mais ce ciel bas et doux, mêlé de lueurs jaunes de fin du monde, me rend aérienne et me donne la sensation qu'en écrivant, ma conscience infinit la mort : l'empêche de finir ; plutôt la reprend à l'état de mourance, – de mort en train, irrésolue... Disons : un arrêt de mort a eu lieu, non l'arrêt de vie, puisque je fais renaître la mort.

Les volets de la maison, disais-je, – fermés.

Fermés pourquoi ?

D'habitude, à cause du crissement des pneus dans l'allée d'hortensias, maman est prévenue de mon arrivée. Je klaxonne et vois derrière la vitre se dresser la silhouette menue qui m'attend. Je sais que ses mains sont posées sur le radiateur, que sa poitrine se gonfle, et qu'elle ressent une plaisance au fond de soi parce qu'enfin je suis là. Je n'ai pas eu d'accident, j'arrive avec un bagage plein de présence. Mon remue-ménage va mettre de la vie dans la maison ; je déplacerai les bibelots, les coussins, combinerai de nouvelles harmonies tandis que maman, en me disant de rester tranquille, s'épanchera auprès de sa confidente privilégiée.

Ce soir-là, je ne klaxonne pas. Je me précipite, et trouve la porte fermée. J'accours chez mon frère qui habite de l'autre côté de la haie. « Qu'est-ce qui s'est passé ? » Je dis ça pour faire que rien ne se soit passé. Roland prend la clé et m'entraîne. Le silence n'est pas la négation de la parole. Il sous-tend la parole, parfois la transperce.

Depuis que j'ai pris la route, la mort a fait son chemin. Elle va encore plus vite qu'Ariane. On a déménagé les meubles, le salon est à peine reconnaissable. Dans ce salon, il y a maman – reconnaissable, mais différente d'elle-même.

La même et une autre. Là, et partie.

Dans un éclair, quelque chose en moi se règle sur cette vision, me commande de rendre à ma mère sa ressemblance avec elle-même. Je dois soustraire à ma personne un peu de la similitude, dussé-je être amputée d'une part de moi. Ma goutte d'eau jumelle s'est vidée, je dois puiser dans ma réserve pour lui en instiller... Mais serai-je amputée ? Au contraire, je sens immédiatement que je vais être amplifiée de ce qu'il faudra tirer de moi. Ce n'est pas une pensée, c'est une intuition.

Maman.

Au cœur du salon, là où était la table basse, elle est allongée sur une couchette frigorifique. Ariane qui se languissait d'une chaleur introuvable ! accumulait les chandails, d'abord une petite chemise de coton, puis une chemise de laine, une combinaison d'interlock Armor-Lux, un pull-over à col roulé, un gilet, forcément en pure laine vierge, souvent un deuxième, Ariane perdue dans un dédale de gilets, cardigans, paletots, toujours à poches, ne m'achète que des gilets à poches ! Elle s'y réchauffait les mains, avait à sa portée le mouchoir pour le nez qui coule... Elle repose où, ma frileuse Ariane ?

Sur un lit de glace, – dans une chemise de nuit en popeline blanche ! Je ne lui connais que des chemises en finette, molletonnées, roses à fleurs, sous lesquelles elle conserve un tricot en rhovyl, par-dessus lesquelles elle enfile, en guise de liseuse, un gilet usé boutonné haut ; tenue de nuit, hiver comme été.

Il fait jour encore, et elle repose dans la pénombre, ma frileuse, la tête sous une fenêtre, vêtue d'une chemise que je ne lui ai jamais vue, qui attendait depuis des années dans l'armoire que vînt ce moment-ci. « Ma chemise de nuit est prête ! » Tunique trop grande pour maman devenue si maigre, fine à lui glacer le sang, chemise définitive pour la nuit définitive.

La première chose qui me saisit, c'est un abandon. On dit que les morts sont raides. C'est faux. Je vois ma mère, et elle tient dans mon regard comme elle tiendrait presque dans ma main – avec la douceur ployante d'un oiseau sur lequel on vient de tirer.

Le cou émerge du col dentelé qui bâille. Impression de le voir pour la première fois. Maman est morte, brusquement son cou existe. Un cou si gracile que les sempiternels cols montants me paraissent soudain n'avoir être enfilés que pour tenir droite une tête qui sinon eût fléchi. Cou toujours dissimulé sous des laines parce qu'Ariane avait très vite mal à la gorge. Comme moi. Mais je noue des foulards autour de mon cou au lieu de porter des cols roulés. Du moins jusqu'à maintenant.

Je ne m'étais pas rendu compte que ma mère était si frêle. Souvent agacée, je l'ai parfois rudoyée. « Ne me gronde pas ! » Je secouais sans le savoir ce cou délicat.

Je ne sens pas bien qu'Ariane est morte, car je suis toute à ce qui émerge. Ce qui émerge, c'est une sérénité inconnue.

Maman est délivrée d'un poids, ça saute aux yeux.

Son visage est juvénile. Celle qui jadis fut si gracieuse a rejoint le royaume de la grâce, voilà ce que je me dis instantanément.

Je me penche. Les lèvres ne sont plus pincées par l'anxiété (ou les anxiolytiques). Les sourcils ne sont plus froncés. Aucun tracas ne barre le front. Gommées, les rides d'expression. Dissipés, les ravages que le tourment imprimait sur les traits. Plus rien n'altère la pureté du profil. Maman n'a plus son air de martyre : elle est délivrée du poids des années.

Abasourdie, je tâte le visage lisse. Il est froid, d'un froid que je ne reconnais pas. Je pose mes mains sur les siennes. Froides aussi. Pas froides comme quand elle me demandait de les frotter entre les miennes pour les réchauffer. Froides d'un froid innommable. Qui ne ressemble à aucun froid connu. Il ne me refroidit pas comme celui qui saisit les navigateurs polaires, il me fait sentir ma chaleur à moi – et la sentir comme scandaleuse.

Ariane avait un teint de cuivre, ce soir il est d'albâtre. Les joues des morts ne sont pas cireuses, c'est à tort qu'on dit ça ; au contraire, elles cessent d'être empreintes d'une blondeur de cire. Je regarde mieux. Il y a des traces de vie : des fils de couperose sur les pommettes, une tache rose au creux de la joue droite, une balafre sur la tempe gauche. Roland m'explique ce long trait rouge... « Tu ne trouves pas que j'ai les joues rouges ? » me demandait il y a trois semaines maman assise dans son fauteuil, sortant une petite glace du tiroir de la table bouillotte.

Maman, qu'est-ce que tu fais là ? Ma petite maman, réagis !

Hier soir au téléphone, elle m'a parlé du rosier *Ghislaine de Féligonde* que je lui ai offert à la Pentecôte: «Je ne le trouve pas fameux, ton rosier! – Eh! tu as du tonus, maman, tant mieux!» Je ne peux pas croire, non, même devant son visage fixe, que maman ne me chapitrera plus!

Dans une minute, elle va me reprocher de n'être venue assez vite, de n'être arrivée *à temps*.

C'est parce que je lui ressemble qu'elle ne se privait pas de me donner des mauvais points. Elle savait d'emblée comment je les accueillerais. Comme elle l'eût fait elle-même: en mauvaise élève face au maître: en laissant dire. Elle pouvait donc ne pas s'en priver. Elle se privait d'autant moins que les remontrances, elle craignait d'en faire à ses autres enfants, redoutant qu'ils se fâchent. Elle avait toujours peur qu'on se fâche, bien qu'elle fît tout pour cela. C'est une crainte que je partage. Aussi ai-je bien pris le blâme au sujet de *Ghislaine de Féligonde*.

N'était ce maudit rosier, maman n'aurait pas manifesté de dépit. Toute à sa déception, je n'ai pris garde à sa fatigue, alors qu'elle a dit aussi: «Dépêche-toi de venir, Caudie!»

Je n'ai pas vu clair.

Et ses yeux se sont fermés.

Ils ne semblent l'être qu'à demi. Les paupières, à la peau translucide, paraissent bleu vert: Ariane avait des yeux comme l'eau de mer. La couleur et l'expression s'en étaient usées avec le temps, mais ils avaient gardé assez de fraîcheur pour paraître plus vifs que bien des regards jeunes. Je ne verrai plus ses yeux. On les a fermés. On. Une main d'homme, étrangère. La main d'un *pompier funèbre*. Les yeux d'Ariane relèvent du souvenir. Tout d'un coup.

Qu'est-ce que je dis là?... L'absolu n'arrive pas tout d'un coup!

La dernière fois que je les ai vus, ses yeux, ils étaient tristes. C'était dans l'allée d'hortensias. « Je suis de retour dans un mois, maman ! » Voûtée, chaussée de socquettes de laine orangée et de pantoufles en mouton retourné, les mains croisées sur un tablier à fleurs turquoise et mauves (son bouclier), elle me regarde charger la voiture. D'un regard pénétrant. Si pénétrant qu'une idée me passe par la tête : si je ne la revoyais plus vivante ! Je chasse l'idée. Pour mieux la chasser, je ne prends pas la photo habituelle du départ ; ce serait de mauvais augure. Et puis je reviens dans si peu de temps ! Je l'embrasse encore. « Va faire ta sieste maintenant. – Oui ! Toi, sois prudente sur la route, appelle dès ton arrivée ! Et ne te fais pas de souci pour moi, mon pouls est excellent ! » Je tourne la clé de contact. Elle me regarde, mais elle voit au-delà de moi et son regard vient d'en deçà d'elle.

Je fais, elle fait un signe d'adieu. Elle lève lentement le bras, fait un effort pour agiter la main. Elle n'en peut plus. Elle sent que la partie est perdue. (Aujourd'hui, je perçois les choses ainsi.) À Dieu vat ! Elle lève la main avec une lassitude mortelle.

Mais ce jour-là, sa main vit.

Ce jour-ci, c'est trois semaines plus tard.

Je reviens voir ma mère, elle fait sa sieste en effet. Drôle de sieste. Sa poitrine ne se soulève pas. Sa tête repose sur un oreiller en satin blanc orné de petits volants plissés. Une courtepointe blanche, pareillement volantée, couvre son corps. Le satin, c'est glacé au toucher, glacé au regard. Il a des reflets gris perle. Ou blanc névé. Les cheveux crantés d'Ariane se fondent à ce blanc névé.

Ma frileuse n'est plus jusqu'au menton sous sa couverture de laine, ses mains reposent sur un édredon de neige.

Éperdue, mon attention dérive sur des détails. Il n'y a plus de bagues aux doigts noués. On a enlevé l'alliance et le diamant de fiançailles. Pourquoi a-t-on fait ça ? « C'est la coutume », dit Roland. Je couvre de mes paumes les doigts de maman. Je me dis que sa vie est entre mes mains, non, je sens que la vie de ses mains tient dans les miennes. Mes mains vont devenir celles de ma mère. Inévitablement.

Je ne désire rien éviter, je veux tout épouser.

Je redresse mes épaules. Je touche les siennes. Que c'est froid, et dur ! La peau et les os. Ariane ne mangeait plus qu'à peine.

Je suis sidérée. On dirait que maman sourit. Pas à moi. À son sort. Au destin qui sauve. Je lui trouve un air illuminé, quoique absent.

Spontanément je dis à mon frère : « Elle est magnifique. » Magnifique vient de grand. Une grandeur irradie de la silhouette reposée... La mort violente serait-elle la plus douce ?

Je suis sidérée, – pas effondrée.

Effondrée, pourquoi le serais-je ? Maman a tant rêvé d'être un pur esprit. Le corps chevillé à l'esprit, c'était ça l'enfer. Sur la Riviera, la tiédeur de l'air eût délié l'esprit de même qu'une bouillotte augmente la fluidité d'un tendon, et son corps eût cessé de se contracter. Tandis qu'ici, sous la pluie, le vent incessants, le corps qui avait froid perturbait l'esprit, lequel ne bondissait pas avec la célérité voulue. Aussi Ariane rêvait-elle de se débarrasser de cette entrave pour être à l'aise dans sa tête. Voilà qui est fait. Elle s'est débarrassée des deux. Pour aller où ?

En fait, c'est surtout la maternité qui l'a lassée de la chair. Les trois aînés en l'espace de trois ans et demi. L'épuisement physique lui a donné envie d'un corps spirituel qu'elle s'est mise à opposer au corps organique, – rêvant, dans la foulée, ses enfants comme des fictions.

Insupportablement charnels, lui avons-nous donné de tels soucis qu'il ait fallu ce jour pour que les traits de maman cessent d'être tendus ? Une évidence me vient comme une claque : Ariane a mis au monde quatre enfants, et ses quatre enfants l'ont achevée.

On ne t'a ni vue ni entendue partir, maman ! Toi qui passais le plus clair de ton temps à appeler au secours, tu as filé en tapinois sans mot dire. De quoi ridiculiser les ingrats qui te reprochaient tes jérémiades. De quoi leur faire honte *à vie*.

Je ne ressens rien de cruel, – simplement une saine, bonne, bien méritée, gifle maternelle... Elle nous a encore damé le pion...

Chapeau bas, maman !

À voix basse je dis ça, et je sens qu'elle n'est plus : maman. En deux heures, maman est devenue : ma mère...

Quoi ? Tout d'un coup, la voilà à jamais : ma mère ? À voix haute je lance : Maman ! Le mot ne sonne plus exact. C'est affreux.

Trop affreux pour que je n'intervienne pas. Je suis de taille à inverser le cours des choses ! La vie, c'est l'aller-retour. Si le mental ne suit pas bien le visuel, c'est que le visuel est dans l'erreur.

Mais simultanément, une autre idée fait brèche dans mon esprit, s'y incruste : la mort, comme c'est simple ! comme c'est... rien !

Cela devait advenir, eh bien, c'est advenu.

Je suis debout, inutile devant ma mère *touchante* qui me signifie : *Noli me tangere*. Je ne peux pas l'aider à enfiler un gilet, un manteau, ou la servir à table. J'ai pourtant besoin d'occuper mes mains. Alors je remonte la courtepointe pour qu'elle ait moins froid, je tapote la joue froide pour faire revenir le sang, je peigne de mes doigts les maigres boucles blanches pour qu'Ariane soit impeccable. – Sa chevelure jadis fut noire de jais, épaisse, ondulée, mais depuis le temps que son visage est auréolé de blanc !

Mes doigts courent, volettent au-dessus du buste de *ma mère morte*. Pour rien. Je regarde maman, je la dévore des yeux. Il n'y a rien à dévorer. Devant elle, je suis en trop.

Quelle distance ce soir nous sépare ?

« Viens dîner ! » dit Roland au bout d'un moment.

Comment ? ... Continuer à manger ?

La bouche de maman est close. Le rire ne passera plus ses lèvres. Déjà elle ne souriait plus beaucoup, mais de temps à autre riait aux éclats à cause du ridicule qu'elle avait un don pour percevoir chez un tel ou une telle. Son rire, ses dents. Je ne verrai plus les perles qui faisaient l'orgueil d'Ariane... Et je ne dirai plus : « Ce que tu as la dent dure, maman ! »

Je réalise que plus aucun discours ne passera les lèvres bien ourlées sur lesquelles j'aimais poser un peu de mon rouge à lèvres. Ariane à la diction cristalline, à la faconde enchanteresse. Le flux s'est tari d'un coup. Je n'entends la voix de ma mère ni dans la pièce ni dans ma tête.

Clos, ses yeux. Close sa bouche. Plus aucune expression.

Pourtant, son visage n'est pas un masque. Il n'y a pas de masque mortuaire, il y une vérité mortuaire. La vérité qui m'avait échappé. Je scrute ma mère qui est une femme que j'ai ignorée. Je n'ai connu *que* maman, et elle était une autre.

Elle ne s'est pas retirée de son apparence, elle est là, flagrante dans son altérité.

Je halète. Je cherche, retranchée au fond de ma gorge, de mon ventre, une respiration incertaine. J'aspire une goulée d'air longuement, l'expire longuement. Et l'expiration est une supplication : Air, intercepte tout ceci ! fais que tout ceci soit suspendu !

Moi aussi, je suis sans voix. La sensation déborde la parole. Du reste, il n'y a rien à dire. Le cogito ne peut pas fonctionner. Car ce qui a lieu dans le salon est impensable : ma mère est là, mais maman n'est plus là.

Je ne suis pas bien sûre que ce qui se passe se passe vraiment.

Prends la relève, à ton tour d'être moi... C'est une voix intérieure. Sitôt mon arrivée dans la pièce silencieuse, j'ai entendu le bruit de la chaîne humaine dictant sa loi.

D'où vient la voix ? Maman, dis-moi.

« Viens dîner ! » répète mon frère.

Nous refermons la porte à clé. La morte reste seule. Dans le salon, sur une couche mortuaire qui fait un bruit de réfrigérateur. Est-ce possible ? Hier, elle s'endormait bouillotte aux pieds sans se douter de rien. Et moi non plus, je ne me doutais de rien.

Je trottine derrière Roland. Sa carrure massive sécurise ma mère.

Sécurisait.

Chez lui, le couvert a été mis par Odile, ma belle-sœur. J'ose manger. Je peux manger. J'ai faim. Avoir faim est un scandale. Je regarde mon assiette, j'ai honte de porter la fourchette à ma bouche. Mais manger me fait du bien. Je maudis la faim, la faim s'en moque. Même, elle me force à bénir la vie.

Ma mère ne dîne pas avec nous. Ironie du sort, elle qui détestait la cuisine, maudissait jusqu'au fait de devoir se nourrir, est morte, un bouchée de viande au fond de la gorge. Le médecin, sur le certificat de décès, a attribué la mort à l'étouffement : *fausse route*, d'après le langage du spécialiste.

Maman l'a consulté ce matin !

Je me suis rendue plus tard chez ce praticien (il ne faut pas que le lecteur m'en veuille de naviguer parfois entre passé et présent, l'approche de la vérité l'exige). Il m'a dit qu'à onze heures, ma mère était « bien » : sa tension était – bonne. À treize heures, elle mourait. Le monde est rempli de gens qui donnent le coup de grâce.

(« Tu vois bien, Caudie : il n'y a que des impatients et des négligents ! »)

Elle ne mangera plus. Je ne dirai plus : « Je t'en prie, maman, avale moins vite ! Te voir déglutir me porte sur les nerfs ! »

« Mange moins vite, ne balance pas ton poignet comme ça ! » dit Roland. Il soupire parce que j'ai la même manière que maman de saisir la bouteille de vin par le goulot, de verser à boire d'un coup, de me jeter une bonne rasade derrière le gosier pour lisser la route à une idée galopante, la même manière de baratter en silence mes pensées avec des gestes saccadés de la main. « Eh, Claudie ! rien ne presse ! » Il dit que j'ai la même manière que maman d'être *dans la lune*, le cou enfoncé dans les épaules, le regard vrillant trois mètres cube d'absence. Il me parle avec autorité, – comme il lui parlait.

Maman vient de mourir, une mémoire atavique sort de l'ombre.

L'homme des pompes funèbres a déjà déposé des catalogues. « Il faut choisir un cercueil », dit Roland. Il a un temps d'avance sur moi. Hier, je disais bonsoir au téléphone à maman. Ce soir, il faut choisir son cercueil.

Mon frère et moi tournons les pages. Du chêne, du sapin, de l'acajou. Capitonné de parme, de blanc, de champagne. Gênés, nous sourions en tournant les feuillets. Nous trouvons la force d'examiner les modèles, de pointer le doigt, d'exprimer une préférence ; plutôt, c'est la force qui nous trouve. Champagne, décidons-nous. Et les poignées ? Il y en a une dizaine au choix. Celles-ci sont lourdes, sans grâce, celles-là plus raffinées. Et cette croix est trop ornée, prenons plutôt l'autre. La dérision nous fait rire. Nous rions pour assigner la peine à résidence dans un coin de nous ignoré de nous-même. Ces poignées ou d'autres ! qu'est-ce que ça peut faire ?

Et pourtant si, ça fait. La preuve, c'est que je reviens sur mon choix : « Celles-ci sont plus discrètes, tu ne trouves pas ? » Mon frère opine, il note la référence. Hier, il buvait un Ricard chez maman. Elle, en robe de chambre, les pieds dans sa chaufferette, parlait de politique. Maman. Hormis les soucis que lui causaient ses enfants, la politique était son sujet de conversation privilégié. Maman. Le mot devient colossal.

Voilà. Nature du bois, capitonnage, croix, poignées, c'est choisi. Nous refermons le catalogue. Demain, il y aura d'autres démarches à accomplir. Il est tard.

Je retourne, seule, à la maison. Maman n'a pas bronché pendant que nous choisissions son cercueil. Comment se fait-il ? Tout la faisait réagir. La plus réactive de toutes les femmes. Supersonique.

La couche mortuaire refroidit le salon. Silence et fraîcheur lunaires. On voit les roulettes sous les volants de satin. C'est vilain. Je fais le tour du lit, tire un peu sur la courtepointe. Voilà les roulettes invisibles. C'est mieux.

J'embrasse ma mère, je presse son visage entre mes mains. Lève-toi, maman. S'il te plaît, ma petite chérie, lève-toi. Parle-moi. Du rosier, de n'importe quoi. Je t'en supplie, maman, refais surface... Ariane n'a jamais obéi à personne.

Mon Dieu, que s'est-il passé pour qu'elle puisse être là ? Je ne comprends pas. Pas du tout.

Ce que je ne comprends pas n'existe qu'en imagination. Ma mère est morte, je veux bien croire, mais qu'y puis-je ? Cela reste douteux parce que c'est incompréhensible. Et si c'est douteux, il y a des chances pour que demain le monde redevienne ce qu'il était hier.

C'est ça, aujourd'hui est juste une parenthèse malheureuse.

Du reste, couchée là, je la trouve charmante, mon Ariane. Or, les morts ne peuvent pas exercer de charme. J'examine ma mère de plus près. Je me trompe, elle n'est pas charmante. Elle l'était, mais aucune aura ne s'en dégage plus. Elle est émouvante seulement.

Son cou de mésange déplumée est émouvant. Dévoilement qui relève du strip-tease ! Je ne touche pas, je suis touchée par la petite plage de chair nue et fripée, toute molle. Je regarde ma mère morte et découvre quelque chose d'érotique. Le moment est si déplacé que j'en souris.

Chavirée, je m'accroche au sourire. Alors, idiote de maman, tu as passé l'arme à gauche, toi qui mettais si bien en joue ? Je me dis ça, mais les mots ne collent pas à la situation, l'humour s'étrangle dans ma gorge.

Je caresse ses mains. Où sont les bagues ? Dans la chambre ? Je cours les chercher. Je voudrais dénouer les doigts raidis de ma mère. Si je n'arrivais pas à les renouer ? ... Alors je porte à ses lèvres, pour un baiser qui n'en est pas, l'alliance et la bague usées de fiancée, puis je les glisse à mon propre doigt. Elles n'avaient pas quitté le doigt d'Ariane depuis soixante ans.

C'est un geste, à la lettre, vénérable. Je sens qu'il est sacré.

J'ai les mêmes mains. Plus menues encore, mais osseuses comme les siennes. Les deux anneaux qu'elles portait à l'annulaire s'ajustent à mon majeur. Je me dis qu'ils ne quitteront plus jamais mon doigt. Si. Quand je mourrai. On me les enlèvera. Puisque c'est la coutume. Et ma fille prendra la relève.

Je regarde alentour. Il n'y a plus la table, le guéridon, les fauteuils – hormis celui de maman ; il n'y a plus la chaufferette au pied du fauteuil-refuge. On a repoussé les chaises contre le mur. Le salon est nu.

Et ma mère est vidée de maman... *Ma mère présente, maman absente.*

Mon Dieu !... Qu'est-ce donc que ce mur face à moi qui n'en est pas un, qui est pire qu'un mur parce que ma volonté de comprendre le traverse sans rien toucher de tangible, alors que je touche ma mère, donc que mes doigts touchent quelque chose ? Qu'est-ce que cette brume létale qui égare mon esprit ? cette opacité au dedans de laquelle j'erre dans l'erreur, ne palpant que le fait même que l'opacité est impalpable, mais sentant ce fait-là dur comme un noyau ? ... Je sais, je tâte une forme nommée Ariane... Ah, ce voile d'immobilité, d'insensibilité entre toi et moi, maman, je vais le secouer !

J'effleure seulement le voile de peau. Tu n'y es plus.

Je te revois *dernièrement* à Lilia. Sur fond de mer. Sur fond de mort. Appuyée au muret qui sépare la route de la grève. Voûtée. Tu as tellement maigri que tu flottes dans ton manteau gris cendré. Un pan tombe sur ta cheville. C'est un manteau Fouk's... Quand ma mère avait dit : un manteau de chez Fouk's, elle avait tout dit. Elle n'achetait ses manteaux que chez Fouk's, dans le Sentier. À l'étage, en salon. Je ne sais d'où était venue cette passion, mais elle était le prétexte d'un voyage à Paris. Les vendeuses avaient pris en affection la vieille dame qui venait de Brest pour un manteau : elle était si avenante. On se mettait en quatre pour elle, et à quatre pour la conseiller, surtout pour l'écouter discourir sur la vie, les gens, le monde, et bénir la campagne (qu'elle maudissait deux jours auparavant) ; ce qu'elle disait était si sage. Elle avait hésité à acheter ce manteau-ci. « Un peu triste comme couleur, non ? Et puis je ne le mettrai pas souvent, je n'ai plus beaucoup de temps devant moi ! – Que dites-vous, madame ! – Oh, soyons lucide ! Qui n'a pas l'esprit de son âge, en a tout le malheur ! c'est de Voltaire, j'ai retenu !... On dirait que le 38 me va mieux que le 40... » Et se tournant vers moi : « C'est du gaspillage, non ? – Si ça te fait plaisir, maman, achète ! » Elle s'était décidée, s'excusant presque de la dépense : « Il fait si humide dans mon pays ! J'ai besoin d'avoir chaud... Mais remplis le chèque toi-même, Caudie ! »

Sur la photo, ses cheveux se fondent à la couleur du ciel et de l'océan derrière elle. C'est une photo vert-de-gris avec une touche de rose, – le rose pâli du vieux foulard Hermès qu'elle lavait comme un mouchoir. La main droite est enfouie sous la manche trop longue du manteau, la gauche est posée sur un petit sac tenu en bandoulière. Un sac offert par moi il y a vingt ans. « Il est usé, maman ! – Il est léger, Caudie ! » Elle ne portait de sacs que petits, en bandoulière, de crainte des vols à l'arraché, et la main gauche posée dessus, toujours gantée de laine, fermée sur le gant droit jamais enfilé. Elle chausse les souliers rouille à lacets que je lui avais trouvés en solde, souliers d'adolescent qu'elle aimait à cause de la large semelle de crêpe : « Avec ça, je ne me casserai pas le col du fémur ! – Pas sûr, maman ! tu marches tellement à côté de tes pompes ! »

J'étais persuadée que ma mère mourrait en tombant du perron, ou écrasée par une voiture.

Elle cheminait au milieu de la rue. On avait beau lui dire de faire attention, elle avançait perdue dans ses pensées. Pas murée dans sa vie intérieure, non ! Sa vie intérieure trop pleine avait débordé les limites de son corps, était passée carrément en face d'elle, nuage entre la rue et elle qui marchait. Sur le trottoir, il eût fallu être attentive au passant, lui céder le passage, regarder où mettre les pieds pour descendre et monter. Au milieu de la chaussée, Ariane laissait aux voitures le soin d'être attentives à sa déambulation, tandis qu'elle continuait *de penser à autre chose.* Et les voitures en effet ralentissaient, contournaient la souveraine égarée.

À Lilia, pour la photo, maman prend la pose, féminine, distinguée, adorable. Elle fixe l'appareil, son regard n'est que prière et résignation mêlées. Elle sent qu'elle est en train de transmettre une de ses dernières images. Je le sens aussi. Aucune n'en souffle mot à l'autre. Une des dernières, ce n'est jamais la dernière. *Une des* laisse la porte ouverte à beaucoup d'autres photos.

Ce fut la dernière.

Ariane ressassait : « De Gaulle a raison, Caudie ! La vieillesse est un naufrage ! – Non, maman, si on veut bien prendre son virage, opter pour une vie contemplative ! » Contempler suppose du temps. Un mélange d'agitation et de nihilisme empêchait Ariane de sublimer la vieillesse. La phobie du temps lui était venue. Et moins elle usait du temps, plus le temps l'usait. Torpillée par la fébrilité, elle se dévitalisait lentement.

Mais il y a un monde entre se dévitaliser et sortir de la vie !

Il va de soi que l'âge aidant, une mère perd un peu d'élan vital. Sortir de la vie, non, cela ne va pas de soi. Se dévitaliser c'est devenir, sortir de la vie c'est ne plus devenir. Au téléphone, je disais en riant : « Où en es-tu, maman, de ta *futurition* ? »

Il était inconcevable qu'elle sorte de la vie.

Les regrets déjà m'assaillent. Je regrette que nous ayons tant parlé pour nous être dit si peu de choses – au fond. Je n'ai pas extrait les pépites d'or de la mine des propos maternels en temps voulu (à moins que le temps voulu, ce soit maintenant ?). Que fuyait-elle en allant si vite ? Je ne l'ai pas forcée dans ses retranchements. C'est trop tard, les occasions sont perdues.

Dis-moi que non, maman !

Elle ne répond pas. Je me penche, et suis forcée d'en appeler au passé pour la saisir. Même pour la voir là, je suis obligée de me reporter dans le passé... Quoi ? Maman est passée – de vie à trépas ? *Trépassée ?...* Ce mot barbare, c'est pour la pointe du Raz et sa baie rugissant de marins perdus en mer ! Rien à voir avec le visage paisible de maman... Tout ça n'est pas possible.

Ça l'est d'autant moins que je ne pleure pas. Allons ! ce n'est pas maman qui est passée, c'est cette heure qui va passer.

D'ailleurs, j'ai sommeil. Aurais-je envie de dormir si maman était morte ? Le sommeil va chasser le cauchemar et me rendre à la saine réalité.

Bonsoir, ma petite maman.

Je monte dans la chambre « à donner ». Et reste figée sur le seuil. Dormir là, au-dessus de ma morte ? Non. Je défais le lit, arrache la couverture, trouve un édredon. Je descends les étaler par terre, à côté de ma mère.

Tu te rappelles, maman, quand je dormais sur un lit de camp à l'hôpital ? quand je passais des nuits à ton chevet pour t'aider à vomir ? Ce n'est pas la première fois que je veille sur ton sommeil. Ne t'inquiète pas, je vais encore t'empêcher de mourir. Laissons la lumière allumée, hein ? Reposons-nous. On a eu des émotions aujourd'hui. Un peu trop. La moindre nous met, toi et moi, sens dessus dessous. Puis la nuit est noire, et la nuit noire inquiète, c'est normal ! Demain il fera jour. Demain tu me raconteras ce qui s'est passé.

Je me laisse aller à un doux, – momentané – silence mortel.

II

Le samedi

J'ai fini par m'endormir.

J'ai pu m'endormir – paisiblement, ma mère morte à mon côté. Mon corps n'a renoncé à aucune de ses habitudes. Il a continué d'imposer ses exigences, et j'ai continué de m'y soumettre comme si de rien n'était. En cette nuit unique, terrible, l'ordinaire l'a emporté sur l'extraordinaire. J'ai honte de moi, plutôt j'ai honte de la vie qui court en moi. Cette circulation, en même temps, me rassérène.

Au milieu de la nuit, j'ai ouvert un œil. Il faisait un peu frais, je ne me suis pas demandé pourquoi. L'heure sonnait au clocher, je ne sais plus quelle heure. Ma mère dormait, le village dormait. Je me suis rendormie.

C'est le jour qui m'a remis les yeux en face des trous. (L'expression me vient, je crois, parce que familière, elle chasse le tragique.)

Hier est devenu aujourd'hui. Hier a osé devenir quand maman ne devient plus.

Le lit frigorifique fait un bruit inhumain. Je repousse ma couette, me lève, me penche. L'édredon de neige n'a pas bougé depuis hier. Le temps a coulé pour moi ; pas pour ma frileuse, qui se tient à la même place, indifférente au froid sous son corps.

Les yeux en face des trous, maman ne les a plus... Mais les a-t-elle jamais eus ? Toujours en vadrouille, toujours aux aguets, ses yeux. Des feux follets. Je les revois buvant le vide, transformant le vide en plein, absorbant ce plein. Il y allait d'un excès qui rendait parfois son regard insoutenable.

Nous sommes deux dans le salon, et, seule, je respire. Mes poumons travaillent pour moi sans que ma volonté ait à s'en soucier. Mes poumons ne s'occupent que de moi alors que c'est maman qui les a faits. Mes poumons la trahissent.

Le soleil est encore pâle derrière les volets. Je me sens bien dans la pénombre auprès de ma morte. Qu'elle repose en paix ! Je mesure la force de l'expression. Et que je vive en paix, dans la mémoire d'elle.

Maman, le temps d'un sommeil pour moi réparateur, est devenue *ma morte*. Comme on s'adapte vite !

Je couve des yeux, j'embrasse très fort *ma petite morte*... Ce diminutif, d'instinct... Il diminue la mort... C'est vrai qu'Ariane a encore de la présence... Présence évasive, insituable, mais enveloppante.

Présence qui enveloppe les sauts désordonnés de mon esprit.

Je prépare le petit déjeuner. Ce n'est pas le nôtre. Je n'entends pas le trottinement de ma mère dans le couloir. Je ne la vois pas entrer dans la cuisine en nouant serré le cordon de sa robe de chambre en laine des Pyrénées bleue. Du salon, la voix de maman ne monte pas, ne montera plus pour me demander si le repas est enfin prêt. Maman, tu ne me fourgues pas, tu ne me fourgueras plus ta panique ?

Les verbes que je mets au présent commandent bizarrement d'être mis aussi au futur.

J'ai mal, d'un mal qui ne percute pas. Je ne ressens pas la détresse que pourtant je sens grossir en moi : une boule ouatée me traverse, me porte, me déporte – comme un nuage atomique qui serait doux.

Assise entre le buffet et moi, il devrait y avoir ma mère. Hier matin, elle prenait là son petit déjeuner. Il y a encore le café préparé par elle hier, le pain acheté par elle hier.

Hier. Quel drôle de mot ! Que veut-il dire ?

À l'aube d'hier je quittais Paris, emmenant le bébé de ma fille, et ne soupçonnais pas que ce matin... Est-il possible de n'avoir la moindre idée aujourd'hui de ce qui se passera demain ? La vie est précaire, mais à ce point !... Si j'ai vécu la journée d'hier dans l'ignorance de ce qui se passe aujourd'hui, c'est que rien d'anormal ne se passe, allons ! mon intelligence n'en démord pas.

La réalité dépasse la fiction, soit, mais pas l'entendement !

Ce n'est pas du café que j'aime boire le matin. J'ai hésité, finalement jeté dans l'évier le café préparé par maman, puis j'ai fait infuser du thé. J'ai privilégié mon goût, – ma vie. J'ai fait ça en me disant : déjà je jette quelque chose d'elle, c'est le premier reniement.

Ma main s'est attardée sur le bord de l'évier.

Je me suis baissée. J'ai posé ma tête sur l'arête de faïence qu'a heurtée la tempe de ma mère. J'ai caressé du front cet angle, puis cogné ma propre tempe contre le couperet. Et je me suis laissée glisser. Je me suis couchée sur le côté, dans la position où l'on a trouvé Ariane. J'ai regardé autour de moi. A-t-elle pareillement regardé ? Qu'est-ce donc qui a paru mémorable à sa conscience ? Elle ne voyait jamais les choses, seulement les images qu'elle voulait voir. Un film incessant. Il lui brouillait la vue, l'affinait aussi.

Étendue par terre, qu'a-t-elle vu – distingué – *à l'article suprême* ?

Des scènes d'enfance, de jeunesse, de maternité ? Peut-être la scène du théâtre où, à vingt ans, dans *Les Jours heureux*, de Claude André-Puget, elle avait été une Pernette espiègle et ingénue ? Ce personnage n'a jamais cessé de lui coller à la peau. Elle entretenait la ressemblance, par nostalgie des jours insouciants. Il y a trois semaines, je lui ai demandé : « Qu'est-ce que tu as le plus aimé dans la vie, maman ? » J'étais convaincue qu'elle répondrait : Mes enfants. Elle a dit : « Le théâtre. – Pourquoi ? – Parce que sur les planches je cessais d'avoir peur de tout. – La vie te fait si peur ? – Oui... Pourtant je ne veux pas mourir. »

A-t-elle vu dans l'axe de son regard, comme je le fais allongée sur le sol, le pot à lait en barbotine vert olive, à motifs de fleurs turquoise et roses, hérité de sa propre mère, posé à hauteur de la fenêtre sur une étagère, à côté du moulin à café d'autrefois ? Si oui, c'est peut-être une image de son enfance qui est passée devant ses yeux... Peut-être a-t-elle balbutié : « Maman ! »... Et le dernier mot aura rejoint le premier, bouclant la boucle, soufflant tous les autres ?

Le cours de sa pensée, quand s'est-il arrêté ? À quel moment sa conscience a-t-elle sombré ? Quelle a été sa dernière pensée ? Comme l'intensité des dernières pensées doit être douloureuse ! Peut-être que non. Ma mère a pu glisser dans la mort comme dans un lac, et les idées ont pu venir à la mourante comme des rides sur une eau lisse. Des idées du reste, pas des pensées. Des images mentales. Je voudrais savoir avec laquelle maman a perdu connaissance. Serait-elle révélatrice ?

Qui sait si une scène d'amour n'a surgi ? Je songe à la mère de Scarlett O'Hara, épouse fidèle, mère attentive, aristocrate honorable qui meurt en prononçant un nom insoupçonné des siens, lequel les plonge dans la stupeur. Nom qui, en secret, l'avait habitée au cours d'une vie consacrée à sa famille. Un nom inconnu de moi est peut-être venu sur les lèvres d'Ariane, un visage devant ses yeux, un passé aussi reculé que radieux. Je la vois sur la dune, arachnéenne, marchant à petits pas, évoquant l'héroïne du film *Sur la route de Madison* que je l'avais emmenée voir dans une salle des Champs-Élysées : « J'y pense si souvent ! Comme cette femme était pure ! » Un peu plus tard, après la projection de *Madame Butterfly* :

«Tu as les yeux rouges, maman. Tu as pleuré!»... Avec quels secrets tapis au fond de son cœur est-elle partie?... *Ariane, ma sœur, de quel amour blessée vous mourûtes au bord où vous fûtes laissée?*

Si elle a eu le temps de voir des choses, mentales ou concrètes, elle a eu le temps d'avoir mal, et la douleur aura oblitéré sa vision.

Elle a pu toutefois réfléchir. Elle se sera dit: Mes quatre enfants s'affairent au loin, ils ne savent pas que je meurs, ils me laissent mourir seule, moi qui ai tant fait pour eux!... Elle se plaignait toujours de n'être assez aimée. C'est qu'elle ne l'était pas comme elle voulait – en monarque admiré par ses sujets.

Qui sait si elle ne s'est pas réjouie de mourir seule? Elle avait horreur des simagrées. N'a-t-elle pas fermé sa porte à clé? Allez-vous-en tous! Laissez-moi mourir en paix! Laissez-moi *finir de mourir*!... Elle est bien capable d'avoir songé: Désormais je les tourmenterai sans fin!

Qui sait si, brusquement dégagée de la cellule familiale, qu'elle prenait à cœur tout en la maudissant, dépossédée de ce qui lui était nocif, elle n'a, en une seconde, fait le tour de ce qu'elle fut, s'évanouissant en se reprenant, c'est à dire mourant dans une possession inattendue de soi, en un mot, libre pour une fois dans sa vie?

Elle a pu penser tout bonnement à sa succession, aux problèmes non résolus qui la taraudaient, dont elle remettait de jour en jour la solution car, n'est-ce pas, ce n'est pas demain qu'on va mourir!

Selon moi, elle a eu peur. Se sentant abandonnée, elle a dû s'affoler. L'épouvante a précipité le tempo de sa respiration.

Quels ont été ses derniers mots? A-t-elle parlé à voix haute? A-t-elle appelé? Appelé: Caudie? (Elle a toujours dit Caudie au lieu de Claudie. Il y allait d'une paresse affectueuse, articuler exigeait un effort. Et Caudie renvoyait à l'époque d'une fraîche et rieuse maternité.) Tandis qu'elle agonisait, je marchais insouciante au bord de l'eau. Peut-être elle a crié. Je n'ai pas entendu son cri. Je l'imagine, je ne l'entends pas. A-t-elle râlé ? À quelle minute maman s'est-elle tue pour toujours ?

À quelle seconde a-t-elle expiré – sans plus aspirer ?

Je n'ai pas recueilli son dernier soupir. Cette pensée me force à aspirer une longue bouffée d'air. Pourquoi sentons-nous qu'il faut recueillir le dernier soupir ? Qu'il ne faut pas laisser seul celui qui meurt ? Maman, je n'ai pas tenu ta main à l'instant ultime. Je me sens coupable.

Je n'ai pas connu ta mort, et ne saurai jamais si toi, tu l'as connue.

Morte seule, alors qu'elle détestait la solitude. Plutôt Ariane était si solitaire que l'isolement lui était insupportable. (L'a-t-elle supporté néanmoins !) Vivant loin d'elle, j'ai nourri son sentiment d'abandon. Elle avait beau m'appeler tous les jours et plusieurs fois par jour, elle se sentait seule. Elle téléphonait d'ailleurs afin de pleurer sur sa solitude : « La solitude et moi, c'est un mariage d'amour démolissant. » Elle appelait dès que l'anxiété la faisait suffoquer. Des angoisses la tourmentaient comme un essaim de frelons ; le téléphone en apaisait la piqûre. Qu'est-ce donc qui la torturait ? L'impossibilité, je crois, d'asséner à des enfants adultes ses propres convictions, seules susceptibles de les préserver du malheur.

Allongée sur le carrelage, je pense au téléphone. Ma mère m'a passé un coup de fil hier. Aujourd'hui elle a coupé tous les fils.

Mais suis-je sotte ! Puisque je suis chez elle, elle n'a nulle raison de me téléphoner ! De m'appeler du salon, si. Tiens ! elle n'appelle pas. Comment ça ? Je suis ridicule allongée par terre.

Quand maman va me voir !

Je me lève, retourne au salon.

Le doux nuage atomique a grossi dans ma tête, il est plus épais que ma volonté de comprendre. Je vois ma mère morte, et ma pensée ne trouve pas où s'accrocher.

J'essaie de penser, et ne trouve rien à penser. Je ne sens rien non plus. Pas de désespoir, non. Je regarde ma mère et je ne hurle pas à la mort. Pourquoi ? Je cherche. Je crois trouver : puisque je ne peux pas penser ma mère morte, c'est que *ma mère morte n'existe pas*. Donc ma mère n'est pas morte. Si tu étais morte, maman, ne m'aurais-tu pas entraînée dans ta mort ?

Sa mort et ma mort : entre les deux, mille lieues.

Ta mort et ma mort : entre les deux, un trait d'union. Ta mort, c'est presque ma mort. Presque. Je me dis ça : presque. J'entends ce mot pour la première fois. Il sonne drôle. Presque. Un mot qui râpe la langue, mais la laisse en suspens. Presque, c'est pas du tout, quoique ça frôle tout.

Maman ne devient plus – du tout. Un stupide caillot de sang a mis fin à son devenir. Quelqu'un qui ne devient plus n'est plus personne.

Ma petite maman n'est plus personne.

Les cheveux blancs aux reflets perle ont exactement la couleur de l'oreiller. Harmonie. Beauté. La nuit a souligné la balafre sur la tempe : un trait violacé épais va du sourcil à l'oreille. La trace des lunettes sur le nez est apparue. Le visage a jauni. Le voilà devenu de cire, presque de miel.

Ah, quelque chose devient encore. Donc maman, tu n'es pas tout à fait morte ! Le devenir suppose l'inconnu de moments qui forcément viendront. Le devenir entraîne l'espoir. Allons, rien de tragique !

Et puis cire = blondeur = tiédeur. Avec ce teint, une chaleur va revenir. Je remonte l'édredon sur la poitrine, le lisse sur la longueur des jambes. Pas beaucoup de relief !

Ce serait si simple qu'elle s'éveille ! Il suffirait de si peu !... Maman, tu n'as que les yeux à ouvrir !

Ouvre tes yeux, maman !

Je retourne, ivre d'un devenir-revenir, saoule d'incohérence, boire mon thé dans la cuisine. Et l'ombre d'Ariane me suit. C'est ça, viens me tenir compagnie ! Je sens bouger l'ombre derrière moi.

Une tartine. Je songe : ma mère a perdu le goût du pain. J'étale le beurre, la confiture de fraises. Sur le pain frais d'hier. Acheté pour plusieurs jours par elle. C'est resté après elle. Aujourd'hui c'est là pour moi. Ahurie, je prends son petit déjeuner, à sa place.

Et je trouve que le pain est bon.

Comment se fait-il que la mort n'emporte pas tout ? C'est que la mort est relative... Donc, toutes les heures sont réversibles. Bien sûr, puisque momentanées !

Pourtant, le buffet ne ressemble plus au buffet d'hier. La forme, je la reconnais. C'est la couleur qui est inhabituelle : éteinte. Ma mère avait la passion des couleurs. Je n'ai jamais vu Ariane habillée en marron. Du bleu assorti à ses yeux, du gris assorti à ses cheveux, du rouge pour donner bonne mine. Les couleurs l'ont suivie dans la mort. Les formes sont restées. Quoique.

Le tablier, suspendu au crochet, est devenu énorme. Je le regarde fixement. Ce n'est plus un tablier, c'est une interrogation. Il n'a l'air de rien, ce tablier accroché à une pointe. Il est tout. Les moindres choses deviennent colossales, aberrantes. Deviennent. Ma mère ne devient plus, toutes ses choses au contraire deviennent.

Je me dis : voilà, le destin se met en marche. Le destin, ce n'est pas la mort, c'est le poids des choses. Le destin s'insinue dans le buffet, grandit dans le buffet, change l'aspect du buffet. Le tablier de *maman* devient le tablier de *ma mère*. – Et ce n'est plus le même.

Mes yeux sont rivés au buffet, au tablier. Capables tout juste de faire, hagards, le va-et-vient. Mon cortex, lui, est figé, plaqué à la paroi crânienne. Je voudrais retourner mon regard à l'intérieur de moi, comme un gant, pour qu'il saisisse une explication. Je ne peux pas.

Le thé s'est refroidi. Je bois une gorgée et redresse la tête. Maman est en train de retourner le sablier accroché au mur près de la gazinière : « Les œufs à la coque, c'est vite fait, Caudie ! »

Je me lève, vais retourner le temps de ma mère. L'inventeur du sablier a pensé que le temps devait être rose. Riche idée !

Le sable s'écoule... Trois minutes, maman !... Reste là trois minutes !... C'est long, trois minutes... Je bois lentement mon thé... Pressons, il y a des choses à faire. Je suis l'aînée, il y a des responsabilités à assumer.

Sous la douche, je m'étonne que mon corps bouge. Je lui en veux de bouger. Tout dans la maison est immobile, sauf moi. Je touche mon ventre, mon buste ; c'est chaud, c'est souple. Je me vois dans le miroir.

J'ai le même corps que ma mère. Son corps, je l'ai vu à l'hôpital il y a longtemps. Je faisais sa toilette et frictionnais ses jambes à l'eau de Cologne de la *Pharmacie des Arcades*, – celle de mon père, dont, en souvenir de lui, après la vente de la boutique, Ariane a longtemps gardé des tonnelets. Ça lui faisait du bien de se sentir propre, surtout de s'imaginer entre les mains solides de son seigneur et maître. J'avais été médusée par le sein crémeux, au mamelon clair comme un bouton de rose. Buste jamais exposé au soleil. Buste délicat dont je provenais !

Sa toilette mortuaire, c'est un spécialiste qui l'a faite. Deux étrangers ont déshabillé ma mère si pudique. La dernière fois que son corps aura été vu, avec, de la poitrine au bas-ventre, la longue cicatrice qui la chiffonnait, c'est par deux hommes.

Aura été. Un moment je reste pétrifiée, pomme de douche en main. Ce futur antérieur ! Il remonte à l'enfance, à la grammaire de Bled. Aujourd'hui, il est incongru. Plutôt, c'est aujourd'hui qui est incongru.

Deux inconnus ont, en ce moment, la vision du corps de ma mère. Ils ont emporté leur vision.

Je quitte des yeux le miroir et remarque sur la chaise les vêtements qu'elle portait hier ; sa robe de chambre aussi. La patère de porcelaine est inutile : grignotée par l'ostéoporose, Ariane ne l'atteignait plus que sur la pointe des pieds.

Hier, maman s'est réveillée, levée, habillée, sans se douter qu'il n'y aurait pas de lendemain à ses gestes quotidiens. Sans se douter qu'elle venait d'ouvrir les yeux sur son dernier jour. En tout elle brûlait les étapes. Elle s'est hâtée vers midi, sans savoir qu'elle se dépêchait vers le terme *fatal*.

Ses habits. On les a jetés là. Ils m'attirent. Non. Ne fais pas ça. Si. Je fais ce qu'elle a fait hier matin à cette heure même. J'entre dans les gestes d'Ariane. Ses gestes me vont. Sa jupe, son pull, son gilet aussi. Bien sûr, ils me vont, puisque c'est moi qui les achetais : je servais de mannequin. « Ne m'achète plus rien, Caudie ! j'ai assez de vêtements jusqu'à ma mort ! » Subitement, le timbre de sa voix me revient. Maman, reste !

Dans le miroir, je vois ma mère. *Relevée*. Je suis effrayée, consolée aussi. Elle n'est pas morte, elle remue la tête, lentement tend un bras vers moi. Je suis ma morte – du verbe être autant que du verbe suivre. Je songe : j'aurai raison du mythe d'Orphée et Eurydice.

Ma mère ne pourra pas mourir tant que je serai vivante. Cette pensée a la force d'une sensation. Or, une sensation ne trompe jamais. Alors, comme on sent couler en soi la chaleur d'un alcool (l'eau que la foi transforme en vin à Cana ?), je sens, au fil des larmes, couler en moi la vie de ma mère. Elle ne chasse pas ma vie, elle se conjugue à ma vie. Comme si ma vie s'était préparée pour ce jour. Pour relancer dans mon esprit un autre esprit. Et je songe : ce qu'on a appelé résurrection, c'est cette conjugaison mentale.

Si Roland me découvrait ainsi !

J'ôte avec précaution les vêtements d'Ariane. Je les plie et les range. Je les laverai demain. Je jetterai son petit linge, ou le brûlerai. De mon bagage je sors le jean noir, le pull noir, une trousse de maquillage. J'approche mon visage du miroir. Je commence à avoir des rides moi aussi. Les rides annoncent la mort. Elles sont la mort en train.

J'ouvre sur le soleil les volets de la chambre de ma mère. Elle les ouvrait très peu : une corvée ! Et du moment que le soir il faudrait fermer ! Sans compter que dans ce pays, les variations climatiques étourdissent le psychisme. Échapper à tout prix à l'instabilité du ciel !... « Je ne suis pas faite pour le climat breton, Caudie ! »... Les quatre saisons dans chaque journée, voilà peut-être ce qui a eu raison de ma mère. La lecture d'*Ecce homo* de Nietzsche l'avait transportée de joie : quelqu'un qui faisait autorité disait à propos des liens entre génie du lieu et épanouissement personnel exactement ce qu'elle répétait sans être écoutée !

La fenêtre est à petits carreaux ; l'un d'eux, près de la crémone, est brisé. Je le ferai remplacer. J'en balaie par terre les éclats. Dans la chambre tendue de papier gris perle, le lit en merisier capitonné de velours de Gênes, est à une place – pour avoir plus chaud entre les draps bordés serrés. Il est défait. À neuf heures ma mère s'est levée, à quinze heures les hommes de l'art l'ont recouchée pour la toilette mortuaire ; toilette dont je me demande en quoi elle consiste.

J'enlèverai les draps plus tard. Je fais le lit tel quel.

Et je reviens au salon. Ma petite chérie – comme je l'appelais et comme elle ne m'a jamais appelée –, qu'est-ce que tu fabriques là ? Le ciel est bleu, l'air est chaud, et quoi ? tout à l'heure, je ne vais pas te forcer à la promenade digestive devant la mer pour oxygéner tes poumons ?

Je te ferai respirer, maman, coûte que coûte. Je respirerai pour deux désormais.

Mes doigts font aisément le tour de son cou. Celui-ci flotte dans le col de la chemise. Je déboutonne, reboutonne. Besoin de faire des gestes sur le corps de ma mère. Ses cheveux. Je prends un peigne, dispose mieux les boucles courtes. Elles sont trop tirées en arrière. Je marque les crans. Voilà qui est plus doux.

Je prends mon appareil photo. Une photo. Une autre. Une autre. Comme si d'une photo l'autre, elle avait bougé. Je ne saisis que la même absence d'expression. Absence ? Je scrute ma mère.

Ce que j'ai ressenti hier se confirme : dans la mort, la jeunesse a percé sous la vieillesse... Peut-être parce qu'Ariane a senti venir l'oubli tant convoité ?... savouré le calme qui enfin l'aspirait ? Au dernier moment, celle qu'elle fut l'a emporté sur celle qu'elle avait l'air d'être.

Je me dis : la mort donne la victoire à la jeunesse latente du mort et assure la défaite de ceux qui restent, forcés de constater qu'ils n'ont rien compris *du vivant de.*

Mater dolorosa n'est plus... Maman est bel et bien revenue à un temps où je n'existais pas. J'éprouve un sentiment violent de frustration. Je ne me sens pas orpheline, je me sens comme si je n'avais pas eu de mère – balayée du temps d'Ariane.

C'est mon enfant qui est couchée là. Sensation logique, du reste : depuis la mort de mon père il y a trente ans, les rôles avaient fini par s'inverser.

Mais qui fut cette jeune fille ?

Immobile pour la première fois de sa vie, Ariane n'est pourtant pas une masse inerte. Inerte, oui ; masse, non. Une masse est lourde. C'est un duvet qui est posé là. Ou juste un ruban de glace qui va fondre. Empêche-moi de fondre ! C'est ce que j'entends.

Je vais revenir, maman. Roland m'attend.

Nous devons organiser les obsèques... Quel mot tranchant. À rapprocher d'exécution. À double tranchant, même : *Ex-sequi* = suivre jusqu'au bout. Et *obsequium* = obéissance.

Suivons et obéissons. À qui ? À quoi ? Pourquoi ?

Tout doit se faire très vite. Sans qu'on ait le temps de penser, dirait-on. Mais la vitesse à laquelle je suis contrainte génère un état second dans lequel cette vitesse est aisée.

Aller au presbytère. Les funérailles ne s'improvisent pas. Il y a une nuance entre obsèques et funérailles. Plus tard, j'ai consulté le dictionnaire. J'ai cherché le sens de tous les mots spécifiques de ces jours. Les funérailles sont l'ensemble des cérémonies organisées afin de rendre au mort les derniers devoirs. Je songe : les premiers, plutôt.

Mon frère me fait monter dans sa voiture. Sa voix de basse, sa barbe blanchie avant l'âge, surtout les yeux d'eau de mer qu'il tient de... maman me font du bien.

La cure jouxte l'église. Nous patientons dans le vestibule. Ici, c'est un jour ordinaire. Ça sent bon la cuisine. Des casseroles tintent. Au-delà du couloir, il y a le jardin ruisselant de soleil. Des fleurs poussent n'importe où, les bordures de buis sont à l'abandon. Les jardins de curé ne sont plus ce qu'ils étaient. Je peux *hic et nunc* me dire ça. Je peux remarquer autre chose que la mort de ma mère.

Bonjour ! lance le prêtre vêtu d'un pull à col roulé brun et d'un pantalon de velours beige. La tenue quelconque de l'homme de Dieu ne colle pas avec ce jour. Ou bien est-ce moi qui suis déconnectée du jour ? Heureusement que mon frère est là, avec son allure de druide. Je ne me sens pas bien. Pas bien du tout. Je me conduis comme si j'étais bien.

Le prêtre nous fait asseoir dans un bureau très nu, il semble pressé. « On a coutume de faire un bref portrait du défunt »... Pardon, comment dites-vous ?

Ce n'est pas une blessure que je ressens, mais un étranglement. J'ouvre la bouche, sans parler, pour inhaler un peu d'air, dilater ma gorge contractée.

La défunte. Du latin *defunctus* : qui s'est acquitté de la vie. Ma mère s'est acquittée de la vie. Le dictionnaire précise : s'acquitter tout à fait... Moi, je m'acquitte, continue de m'acquitter, temps présent, tandis qu'assise en face du prêtre, j'écoute ses explications.

Ariane avait cru en Dieu, puis cessé de croire, reprochant à mes propres interrogations d'avoir fait vaciller sa foi. Il me vient à l'esprit qu'elle n'a pas reçu l'extrême-onction. Le prêtre n'en souffle mot. Il ne la comptait pas parmi ses ouailles. Est-ce que je veux bien rédiger à sa place le mot d'accueil qu'il lira au début de la messe ? Oui, bien sûr. L'*éloge funèbre*, c'est pour les grands de ce monde ; le *mot d'accueil* pour les petits.

Il donne des indications relatives à l'office des morts. Un diacre en ordonnera le déroulement. Le prêtre cite deux ou trois noms. L'un me parle. Celui d'un copain de jeux quand nous étions petits. Je me tourne vers mon frère. Hervé, oui, demandons à Hervé. Ce sera moins triste. Sa présence fera remonter l'enfance, et avec elle, ton visage mobile et radieux, maman.

Tout à l'heure, elle va me dire comme si souvent : « Qu'est-ce que je te fais faire encore, ma pauvre Caudie ! tu m'en veux, hein ? Dis-le, que tu m'en veux ! »

Le prêtre me confie un recueil de cantiques. Nous devrons en choisir. Et préciser des « intentions de prières ». Enfin il consulte son agenda : « Nous sommes samedi. Eh bien, mettons... lundi, seize heures quinze ? » Oui, ça nous convient. Tout convient.

Tout s'impose.

Nous repartons en passant par la sacristie. Le prêtre confie à Roland la grande croix d'argent. Il dit qu'il faudra la placer auprès de la défunte. Il parle de la défunte comme d'une personne parmi d'autres. Il est à des années-lumière de moi. Comment peut-il y avoir cette distance entre lui et moi ? La mort de ma mère est au-dedans de moi, elle est en dehors de lui. Je songe : la vie tourne autour d'un jeu entre dedans et dehors.

Puis l'homme de Dieu déclenche le glas : « On fait toujours ça quand la grande croix quitte l'église », explique-t-il. Ah bon. Hier à cette heure-ci, ma mère traversait le bourg, son filet à provisions à la main, perdue dans ses pensées. Elle s'engageait dans le « petit chemin » bordé de hauts murs de pierres qui croulent sous le lierre et les roses pompons sauvages. Aujourd'hui, le glas sonne pour elle.

Musique plate, répétitive, poignante. Tonalité d'outre-tombe. La défunte me fait signe. Coucou, Caudie ! Coucou, maman ! J'aime ce glas. Je lève les yeux. Des oiseaux volent autour du clocher. Des mouettes, des corneilles noires, messagères de légendes.

Les gens marchent, font leurs courses. Ma mère ne mettra plus un pied devant l'autre. Hier matin, elle cheminait telle une plume sur laquelle on souffle. À la fois dansante et affligée. Le petit pas pressé d'Ariane. Il bat dans mes yeux comme la volée de corneilles, il me fait songer qu'elle est partie à tire-d'aile.

Mais ses jambes lestes sont sous l'édredon de neige, alignées pour l'éternité. Dans un an, deux ans, je ne sais pas, il y aura deux tibias parallèles, et puis des tarses, des métatarses en petit tas comme dans les tombeaux assyriens, comme dans un temps d'avant l'Histoire, d'avant toute histoire.

Je rentre à la maison, dossier de funérailles sous le bras aussi naturellement qu'un kilo d'oranges. À la maison-mère qui va cesser d'être la maison de ma mère.

Maman !

Elle ne me demande pas si j'ai acheté des bonnes choses pour midi. De la raie au beurre noir, par exemple. Elle attendait ma venue, rien que pour ça. Ma raie au beurre noir était très moyenne, à ses yeux succulente. Tout ce que je servais était exquis. Pour une raison simple : elle n'avait pas eu le souci de préparer elle-même. « Maman, c'est prêt ! » Et Ariane mettait les pieds sous la table. Elle n'aimait pas manger seule : « Qu'est-ce que tu veux ! Seule, je n'ai aucun appétit ! » En face de moi, pardon, quel coup de fourchette !

Maman !

J'entre au salon. Tu n'es pas assise dans ton fauteuil Art Déco recouvert de velours vieux rose, ton tablier noué sur les reins, des socquettes de laine dans tes chaussons de laine, occupée à passer la rumeur du monde au filtre sévère de ta solitude ou à touiller, ressasser, remâcher les histoires de famille.

Tu ne me dis pas de m'asseoir en face de toi et d'écouter.

Dans ton fauteuil je m'écroule. La pendule dorée sous le globe ne fonctionne plus depuis longtemps. J'écoute le silence de ma mère. De sa voix, des intonations seules me reviennent. Un *qui vive* permanent. Elle avait gardé intacte la puissance de refus de son adolescence, s'insurgeant contre tout, ne pactisant jamais...

Je corrige. Depuis peu, elle acquiesçait bizarrement aux « vraies richesses » selon Giono, celles de la nature, signe que ses forces s'amenuisaient. Sa capacité d'indignation s'émoussait, le débat politique l'intéressait moins. Elle ne lisait que les livres qu'on peut lire au ralenti.

Du reste, lire est la seule chose qu'elle ait su faire lentement. Confinée dans sa clairière de Domrémy, elle tenait les livres comme un rouet, soumettait sa lecture à ses voix intérieures, la filait comme une laine, prompte à défendre ensuite ses rois : Mauriac, Camus, Montherlant, Anouilh, Dostoïevski ; Soljenitsyne aussi, et William Styron, dont le récit de la dépression nerveuse « Face aux ténèbres » l'avait réconfortée. Pesant chaque mot, négligeant l'anecdote, ma mère réclamait une pensée derrière chaque phrase, y trempait son épée. Elle n'en souffrait pas moins mille morts chaque jour. Hier il y a eu une petite mort de plus qu'elle n'a pas pu souffrir.

Laquelle ? Mais laquelle ?

Dolorosa est morte en déjeunant seule. Morte, non d'avoir déjeuné seule hier, mais d'avoir trop souvent déjeuné seule. C'est de ça qu'on meurt le plus, peut-être.

Je me lève, m'assois, me relève. Je passe ma main dans ses cheveux – eux au moins ne sont pas froids, si, mais un peu seulement –, j'effleure de mes lèvres le front lisse. Ma bouche est plus refroidie par le front que le front n'est réchauffé par elle. Se peut-il qu'on devienne si froid ? C'est un drôle de froid. Un froid de falaise crayeuse. J'ai l'impression que sous l'effet de ce froid, mes lèvres vont s'effriter. Alors je les plaque sur le front d'Ariane. Donne-moi ta mort. Et que ta mort, me traversant, *devienne* une chaux vive !

Tu m'entends, maman ?

Ma mère n'est plus qu'une figurine blafarde. J'ai horreur de ce lit frigorifique qui n'est pas fait pour les caresses d'amour.

Une flamme ! Il faut une flamme ! Dans un tiroir de la cuisine, je trouve les bougies prévues en cas de panne d'électricité. J'en allume deux dont j'encadre ma morte. Elles dorent la pénombre et le teint de ma morte. En fermant le tiroir, je remarque sur l'étagère la statuette de la Vierge ouvrant son manteau bleu. Envie d'ouvrir mon corps comme ce manteau pour y accueillir le corps épuisé de ma mère. La statuette sera mieux dans le salon. Mon regard court ici et là, moi je place et déplace.

Je veux plénifier le néant. J'y parviendrai.

Dans un vase il y a les premiers hortensias fanés, les seuls que ma mère cueillait : « Avec les fleurs sèches, ce qu'il y a de bien, c'est qu'on est quitte de mettre de l'eau ! Tu devrais en acheter aussi ! » Je tapote ses mains... La peau reste plate sur le sillon de plus en plus violet des veines.

Ma tante a mis sa plus belle chemise de nuit à sa sœur. Plutôt, elle l'a donnée au croquemort pour qu'il en revête Ariane. « Je m'en ficherai, mais quand même, Caudie, ce jour-là, veille à ce que je sois propre ! » Bien repassée, elle était rangée depuis si longtemps que les plis sont très marqués et que le col rebique. J'en aplatis la pointe avec soin. Ce faisant, je sens la salière sous le linge, – comme elle est creuse !

Je retourne m'asseoir à la table de cuisine, étale les papiers sur la toile cirée à semis de fleurettes jaunes sur carrés beiges. Primo, transmettre aux pompes funèbres le choix d'hier.

Hier. Rien que ce mot-là en tête. Aujourd'hui n'existe qu'en parallèle avec hier. Aujourd'hui est *dérouté*. Et ne peut avancer qu'à reculons, tourné vers hier.

Je suffoque.

Presque aujourd'hui, presque maintenant, Ariane s'assoit sur la dernière marche de l'escalier, noue les lacets de ses souliers, saisit ses gants, attrape un foulard, pas question de sortir sans foulard même en été, sinon rhume assuré. Elle a froid, cependant marche sur des tisons. Vite, par le petit chemin, elle va à la Léonarde acheter des yaourts et des fruits ; à la Léonarde, pas chez Leclerc, ni Casino, rien qu'à l'épicerie d'antan où l'on est plein d'attentions pour elle. À la boucherie elle s'impatiente, ah ! si elle était de l'autre côté du comptoir, ça irait plus vite ! Elle passe en coup de vent à la Maison de la presse pour acheter le journal. En tornade à la pharmacie, tenue par sa belle-fille qui la sert en priorité. Et vite, retour à la tanière.

Ariane s'installe alors à son bureau pour vanter à ses enfants les mérites de la patience et leur expliquer la vie, car elle sait, elle est clairvoyante, elle ! Impossible de nous lâcher d'une semelle, nous les aveugles !... Puis elle vérifie l'état de ses comptes, ses rentes, sa retraite, fait des opérations qu'elle recommence vingt fois et qui ne donnent jamais la même somme. Elle m'appelle pour se plaindre de ses calculs inexacts, elle toujours première en maths à l'école ! « Tout de même, c'est incroyable ! Comment tu expliques ça, Caudie ? »

Je regarde, comme des cailloux laissés par un Petit Poucet, les bouts de papier criblés de chiffres ou de mots...

Ma mère ne m'écrira plus.

Elle n'ira plus deux-trois fois par jour expédier ses lettres parce qu'elle n'a pu attendre l'après-midi pour envoyer celle du matin, or elle a quelque chose à ajouter, elle n'entrera plus à la poste, ne dépassera plus tout le monde afin d'arriver, pressée, au guichet, madame, excusez-moi, je crois que l'adresse est incomplète, soyez gentille de vérifier, et la guichetière de filer toutes affaires cessantes chercher l'enveloppe, et l'adresse bien sûr est complète, Ariane a même noté deux fois le numéro de la rue de peur que le facteur lise mal son écriture, et mieux encore, l'a souligné.

Omniprésente, ma mère a tenu à distance les ficelles de pantins adorés, nommés enfants. Séparée d'elle à l'âge de dix ans par le pensionnat, je puis dire que j'ai été éduquée à travers lettres. Rien que depuis son veuvage, environ 500 par an. Multipliées par 30 ans. Cela fait 15 000 lettres. 1 ou 2 feuillets, chacune. Plus de 30 000 pages.

Qu'y avait-il dans ces lettres à l'encre bleu nuit où elle filait vent arrière ou vent de bout, plume tendue comme un pavillon ?... (Ralliez-vous à mon panache bleu !)

De la contradiction, donc la vérité. Le regard du chien battu et le regard de l'aigle. L'épée droite et la flamme ondoyante. Le deuxième nom de ma mère était Eudoxie. Je m'amusais à l'appeler : Paradoxie ! Entière et nuancée, acerbe et dolente, concrète et chimérique, turbulente et neurasthénique, Ariane était tout et son contraire, simultanément.

Elle était si profonde qu'elle pouvait s'offrir le luxe d'avoir l'air de voleter à la surface des choses.

Là était son génie.

Dans son dédale de contradictions, elle évoluait un jour à l'aise, tenant ses dits et contredits de main de maître, le lendemain s'égarait dans ses démentis. Elle n'en pouvait plus du vertige qu'elle se donnait à soi-même.

Elle possédait une collection de parapluies. Jamais assez solides, ils se retournaient tout le temps. Et elle se retournait dessous pour retourner les baleines. Au vrai, plus mobile et capricieuse que le ciel, c'est elle-même qui était un parapluie retourné qu'elle retournait sans cesse.

Humaine, trop humaine Ariane.

Un saut dans le temps. Trois cartons d'archives pleins à craquer. Bouleversée, ou riant aux larmes, j'ai tout relu – et inhalé le parfum d'un pot-pourri. Des pétales, au hasard :

« Tu es bonne, Claudie, mais sois encore plus bonne, et sage, tu n'es pas sage, que t'apportent les intellectuels ? Rien d'extra... Inconsciemment je dis Elseneur au lieu d'Alzheimer, parce que ma vraie maladie, c'est celle de Hamlet... Aujourd'hui (comme hier), mes pensées vont à l'humanité inhumaine... Mon cœur est plein de vos vies... Je frissonne en pensant au Vél d'Hiv, aux mères qu'on a séparées de leurs enfants !... Remonte-moi le moral... Il y a des imbéciles qui disent : il faut profiter. Profiter de quoi, et pourquoi ?... Je vois des gens rire à la télé, mon Dieu, de quoi ils rient ? J'ai pitié de leur rire... Je voudrais ne plus penser... PS. Je viens de faire mes courses, encore un parapluie de cassé, le troisième en un an. Achète-s-en chez Dynamit, on n'en a jamais trop... J'ai tout misé sur mes enfants, ils en valaient la peine, je vous ai aimés jusqu'à l'angoisse insoutenable, je suis déçue... Mon âme est une boule, voilà, c'est dit... Je te remercie d'être venue, ce fut lumineux, j'aimais t'entendre descendre tôt le matin, la vie commençait... Hier, ne t'ayant pas eue au téléphone, j'étais perdue... J'attends les souliers, as-tu bien pris du 37 ? Les recevoir sera le petit bonheur de ma journée ! N'oublie pas, il faut que ce soit un peu grand pour ton pied, car je mets des semelles fourrées, dis-moi combien je te dois... Ma chaudière tousse sans arrêt... Si je pouvais rencontrer dans mon pays quelqu'un qui m'apporte la clarté qu'est la culture, la phrase qui embraserait chez moi ce qui mérite d'être détruit !... Je ressens ta fatigue, madame de Sévigné écrivait à sa fille : j'ai mal où vous avez mal, moi je respire mal en pensant à ton déménagement... PS. Il pleut à torrents, j'étais faite pour tenir une ombrelle, pas un parapluie... Je viens de voir le procès des Ceaucescu, j'ai eu honte, ce tribunal ne fait pas honneur à l'humanité, j'ai scruté les visages, aucun de beau ; même s'il mérite la mort, le couple monstrueux a gardé une dignité que ses juges n'avaient pas, triste à dire... Quand j'assiste à un enterrement, je pense que celui qui s'en va en a fini avec la pourriture de la société et des individus qui la composent... Ma première lettre de l'année est pour toi, Claudie, tu es la seule à comprendre mes états d'âme... J'ai regardé une émission de télévision consacrée aux femmes, certaines étaient délicieuses, c'étaient les plus vieilles... Tant de choses devraient être dites, non par des grands-mères, mais par des intellectuels réfléchis... Les grands-mères disent la vérité, alors, comme chante Guy Béart, elles sont exécutées... PS. Il y a un joli parasol chez la brocanteuse, mais à quoi bon dans ce pays ?... J'ai encore relu ton *Métro ciel*, tu me donnes l'impression d'avoir entretenu beaucoup d'explosions hormonales, tu n'es pas responsable, il te faut du calme... Je ne peux pas m'empêcher de dire mon mot, et après, je m'en veux... La princesse Haude aurait dû remercier Tanguy de lui avoir coupé la tête, puisqu'elle pouvait marcher sans ! Ma tête à moi n'en peut plus, mais comment marcher sans elle ?... J'attends d'aller voter, c'est pour voir des gens, pas ceux des bulletins, ceux-là, je voudrais les ignorer !... Donner sa vie est une expression qui datera bientôt de Mathusalem... Roland est venu écosser un plat de petits pois dans la cuisine pour me tenir compagnie... Je suis triste quand je ne vois pas sa voiture derrière la haie, pas grand-chose pourtant... La guerre du Golfe m'épuise... Que de cerveaux tout de même dans la discipline militaire, quel sens de la grandeur !... Les jonquilles éclairent mon jardin, je les regarde quand je sors mais n'ose les cueillir... Qui est ce Jérôme Lindon ? Corriger Marguerite Duras ! Enfin ! On ne corrige pas une femme qui sent les choses avec autant de force !... Je n'écoute plus les histoires de guerre, c'est mauvais pour mes nerfs, pour les tiens aussi, éteins ton poste... Grandeur et simplicité, les deux mamelles du bonheur, crois-moi !... Je suis triste, Claudie, la vie est moche... Heureusement que tu es là pour m'écouter !... PS. Encore un parapluie retourné et cassé, la pluie n'arrête pas, quel pays ! Tiens, je me demande si on n'est pas mieux en Irak !... Je me couche en lisant Guéhenno, je comprends que tu l'aies aimé, il y a chez lui beaucoup de ta façon de penser et d'agir, il faut même que tu le relises, tu sauras mieux qui tu es... J'ai voulu te donner une éducation saine, c'est raté, tu aurais pu être si bien, tu es bien d'ailleurs, tu n'es pas la Claire Fourier de *Vague conjugale*, qu'est-ce qui t'a pris d'écrire ça ? Ah, si j'avais été près de toi !... Cette lettre est une lettre d'affection... PS. Vous avez beau vous échapper, l'hérédité vous ramène au piquet... J'ai pitié de tes illusions, fais un effort de je-m'en-foutisme, ma petite fille, tu seras plus heureuse... Vous me mangez le cœur... Tu te rappelles l'ange cloué dans la Sainte Famille de Rembrandt ? Eh bien, c'est ta mère, Claudie !... Il est temps que le sol s'ouvre sous moi... Pardonne cette lettre, elle va te faire de la peine, mais à qui m'adresser, sinon à toi ?... La chaudière s'est encore arrêtée, ma vie tourne autour d'elle. Sans elle et sans toi, que deviendrais-je ?... Je t'écris parce que je viens de recevoir ma note de téléphone... PS. La poste sous la pluie, voilà mon but de promenade ! Au guichet, on ne voit personne autant que moi... On a peint en rouge la barrière du jardin, c'est sans doute la dernière fois... Je ne sais pas si je supporterai la longueur de l'hiver... On était si bien à Prat-Ar-Coum avec Pierre Sipriot ! Il aurait mangé deux douzaines d'huîtres, mais avoue : il fait plus vieux que moi, il est même mourant !... Julien s'oriente vers des études de commerce, le seul débouché, paraît-il. Pauvres petits soldats qui donnent leur vie pour faire fonctionner la technique !... PS. Dire qu'on se moque de ceux qui donnaient leur vie pour la patrie !... Si tu as des migraines, laisse de côté cette RC4, l'Indochine a attendu les historiens, elle peut encore attendre... J'ai montré une photo de toi à la femme de ménage, elle a cru que c'était moi... PS. J'ai acheté un parapluie rouge en solde, il m'a l'air solide... Envoie-moi une photocopie de ton analyse, je veux connaître ta formule sanguine... Surtout dispose de moi, tu n'auras jamais d'amie plus désintéressée que ta mère, ne fais pas la fière, viens en convalescence à Ploudal, on mangera de la raie au beurre noir... Il y a des jours où j'aurais voulu que tu sois comme tant d'autres filles... En revanche, tu es une bonne mère, mais secoue ton fils, il discute trop, ses petites amies préféreront un homme plus rigolo, je lui ai fait la leçon... PS. Le parapluie rouge est si beau que j'ai peur de le casser, j'utilise les vieux... Je t'aime, ma Claudie, tu as beaucoup de patience avec moi... Je lis Proust puisque tu me le conseilles, Montherlant a raison de dire que c'est parfois du charabia, ce qui me plaît c'est son âme fragile... Plus un être est faible, plus je suis avec lui... S'il fallait descendre dans la rue pour défendre les exploités, j'irais... Tout m'est peine... On parle encore de grève à la poste, alors autant mourir... Tu me manques ! J'ai tellement de choses à te dire... Nous étions bien au café de la rue Solférino, comme la Seine était belle !... Je t'embrasse, Claudie, je ne me sens pas très bien, c'est la fin de la nuit, comme disait Mauriac... Écris-moi... Tu as raison de planter des arbres, il faut toujours planter... Une femme doit rêver d'un foyer et d'amour, quel homme en rêverait assez fort pour les réaliser ? ... Patience, ma pauvre petite ! tu sembles ignorer ce que signifie le mot divorce : ruine et misère... Ta vie intérieure a assez de grandeur pour que tu puisses vivre pour tes enfants en laissant les hommes de côté !... Regarde les jolies choses, ne sois amoureuse que de la couleur... Fuis la laideur, protège ton foyer... PS. Pluie et cafard toujours... J'ai eu peur d'avoir une leucémie comme madame Gorbatchev, Roland ne veut plus entendre parler de mes analyses de sang répétées et toujours correctes !... J'aurais voulu te faire plaisir en te disant que le tailleur de tweed me va, mais je n'entre pas dans la jupe, j'ai grossi, je te la réexpédie, à toi elle ira, tu seras très mignonne avec... Trouve-moi une chemise de nuit chaude... PS. Mais ne m'achète plus de parapluies pliants, je ne fais pas trois jours avec... Je reviens de Keribin, si ma sœur quitte Ploudal, je ne resterai pas non plus, or tu ne veux pas me prendre chez toi, je t'aurais donné ma retraite pourtant... Roland ne me parle plus, il en a marre de moi, je le comprends un peu... Je lis *Le Premier Homme* de Camus, il aimait sa mère, Albert Cohen aussi a aimé la sienne ! Un jour vous me verrez différemment et vous comprendrez... Si les vieilles personnes meurent, c'est qu'on ne les aime plus... Qu'est-ce donc que la culture ? Un homme cultivé, c'est quelqu'un qui a une grande force d'amour, ne pas confondre avec un conteur d'histoires... « N'attendez aucune consolation », qui est donc ce Blanchot ? J'ai punaisé sa phrase au-dessus de mon bureau... Je t'en prie, ménage-toi... Tu es si agréable quand tu es en forme, tu es la vie, quoi que tu dises, mange des carottes et des bananes, on a besoin de toi... Je te demande de te reposer, ou je vais craquer... PS. Ça y est, j'ai cassé le parapluie rouge !... Je me réveille la tête pleine de soucis... Je pense à ta sœur attendant le bateau, quittant la France seule avec ses deux petits... Philippe va vieillir comme Heathcliff, sa fille est sa Cathy, il est le dernier à qui un tel malheur devait arriver... Roland a gardé une âme d'enfant, il a un cœur d'or... N'oublie pas ta famille, il faut faire avec... Il y a le bien et le mal, si nous ne luttons pas, chacun là où il est, pour le bien, nous sommes fichus... J'aurais souhaité que tes enfants se marient, enfin !... J'envoie un chèque à mes petits-enfants pour leurs étrennes, je ne suis plus capable de choisir un cadeau... Odile m'a montré des échantillons de tissus pour ses rideaux, elle a confiance en mon goût, elle est gentille, mais une belle-fille, ce n'est pas une fille... La locataire de Carnot s'en va, tant mieux, j'avais loué à une prostituée qui faisait un potin monstre la nuit, les voisins se plaignaient... Ces histoires de loyers me tuent... Je te parle d'argent, ce fut le problème de ma vie, ton père a négligé les assurances... Écris-moi... Victor Hugo dit : La jeunesse possède la beauté, la vieillesse la grandeur, si seulement c'était vrai !... En réalité, nous vivons dans une amphore bourrée de vanité et de sottise, pas une amphore, un pot de fer, incassable... Demande à Lucile si le Prozac me fera du bien, trop de médecins prescrivent ce qu'a vanté le dernier visiteur médical. Des ânes ! À distance, ta fille fait de meilleurs diagnostics... J'ai vu à la télé la formation du nouveau gouvernement, c'est bien triste, quel néant !... Je te quitte, je vais à la poste et chez le boucher, chez celui-là, je me demande pourquoi, la morale est devenue douteuse, la viande aussi !... Si j'allais à la maison de retraite des pharmaciens à Melun ! Qu'en penses-tu ? Il y a des bois autour... PS. Je ne suis pas une femme des bois... Depuis que je ne vois plus la tête grise et solide de ton père, je suis partout en exil... Cesse de porter des choses lourdes, ça m'épuise... Tu as tort de te faire du souci pour moi... As-tu bien ficelé ton paquet ? Je ne l'ai pas encore reçu... Madame Berthou est morte de chagrin, ça arrive... L'amour est le don de soi, donc il n'existe pas, puisqu'on ne pense qu'à se garder... « Dites seulement une parole, et je serai guéri », mais quelle parole pourra guérir mon âme ? dis-moi, Claudie... Yves Montand est parti et je suis chagrinée, il a eu une belle mort, l'âge idéal : 70 ans, j'ai vu tous ses films, il ressemblait à ton père... Sans toi, tout semble vide à l'approche de l'été... De quel vase parles-tu ? Dis-moi le prix que tu veux mettre dedans, j'irai l'acheter, la brocanteuse m'adore, elle l'a dit à Annick... Elle a un canapé qui me plaît, ci-joint un dessin, me conseilles-tu de l'acheter ?... PS. Quand reviens-tu ? Nous achèterons des objets et les aimerons comme des êtres humains... Prends ma maison, tu l'arrangeras à ton goût, j'aurai l'impression d'être chez toi... Tout le monde parle d'expérience, a-t-on besoin de tant d'expérience ? Nous avons des yeux !... Lis *Fontaine* de Charles Morgan, et aussi de Singrid Undset, l'histoire de *Christine Lavrandsdatter* : la Couronne, la Femme, la Croix, mai 68 a passé là-dessus, c'est dommage... Je suis fatiguée de penser seule, pourtant l'approche des fêtes ne me plaît pas, bavardage en perspective !... PS. Mes parents étaient pauvres, une orange, un sucre d'orge, et nous avions de joyeux Noël... Que ton fils continue à aimer le beau, les reflets seront sur lui... Ton père me manque, quel pharmacien c'était ! il connaissait par cœur toutes les formules... Quand j'essaie de penser à un homme bien, et fier, c'est l'image de mon mari qui me vient à l'esprit, que serait-il devenu s'il était né dans une famille moins pauvre et moins inculte ? En plus, il était beau !... PS. Un homme manque dans ma maison... Je croyais à la richesse de la solitude, je me trompais, c'est la mort... La fidélité m'a broyée... Le métier de juge avec son côté théâtral eût changé ma vie... Tu m'as gâtée, je préfère ta table à tous les Ritz du monde... Je pense aux promenades à Libourne, chez Montaigne, tous serrés dans la voiture, voir défiler le paysage glacé, c'était bon !... Grâce aux mutations de ton mari, j'ai vu du pays, supporte ses défauts, qui n'en a ? Il t'a fait de beaux enfants... J'aimais flâner avec toi à Malagar, à Aoste aussi, et au Havre... Tu aurais dû acheter la petite maison de Lorient avec son arceau sur l'allée... Pardonne-moi, je ne suis qu'une idiote de passéiste... Je ne peux pas vivre sans dire mes choses à quelqu'un, je me lève, j'écoute la radio, et ensuite mon papier !... J'ai parlé hier à Romain de Mauriac, de Claudel, il m'écoutait... Qui est ton ophtalmo ? un poète ? Parle avec lui, mais sois prudente, que te veut-il ? ... Tu penses trop et tu t'énerves comme je le fais, gare !... PS. J'ai raté ma maison. Inchauffable avec la chaudière dans le garage, et il manque un cellier... Je te revois sur la pelouse peignant tes tabourets, tu étais dans la beauté et dans la poésie, tu ne t'en rendais pas compte, moi si... Comme Giono a raison ! Merci de me l'avoir fait lire... Je viens de faire ma promenade solitaire sur la route de Plourin en passant par le cimetière. Pas de quoi rire !... Je t'imagine dans ton châle, et je pense à la petite marchande de fleurs de Derain... Je suis contente que tu aies trouvé une jupe à ton goût, sois toujours coquette et féminine... J'aimerais retourner avec toi aux Deux-Magots, prendre un thé chez Mariage, voir du mouvement humain... PS. Je t'écris pour avoir à sortir... J'espérais que la naissance de ton petit-fils allait te remettre les idées d'aplomb, je me suis encore trompée... Tu es quand même la meilleure de mes enfants, la seule qui m'écrive... Peut-être n'ai-je réellement que toi... La vie est cruelle... Je t'aime, Claudie, parce que tu es l'essentiel de mes souvenirs... Je ne te voudrais pas autrement, seulement un peu plus sereine et plus résignée, puisqu'il le faut... »

Signé : maman, ou Ariane, ta mère, ta pauvre mère, ta mère que tu abandonnes, ta mère qui t'écrit parce qu'elle pense à toi, ta mère qui t'aime et ne te parle pas à la légère... Un jour, elle a signé : le menhir brisé, et même une fois : la rivière à sec !...

Elle écrivait comme une araignée tisse sa toile. Souvent j'ai tremblé en ouvrant les enveloppes, en posant les yeux sur les lignes corrosives où elle prouvait son dévouement, – se prouvait d'abord à soi-même son existence. Je lisais parce qu'elle avait besoin de se lire dans mes yeux... Comment ce poison, cette sève, cet élixir, inoculé sans relâche, n'aurait-il altéré mes désirs, mes jugements, mes entreprises ?

N'empêche, à la relecture, stupéfaite par une telle richesse de sentiments, j'ai comparé cette *recherche du temps perdu* à l'autre. Et j'ai pensé : Voici la Femme, – et voilà le livre que je voudrais avoir écrit.

Revenons au samedi 8 juillet 2000.

Ce jour aussi, j'ai à lire. J'avance comme un funambule sur le fil des formalités administratives et religieuses.

Parmi les textes remis par le prêtre, en choisir pour chaque moment de l'office funèbre. Beaucoup supposent une foi que je n'ai pas. *Source d'eau vive entre nos mains / Tu nous invites à ton festin.* Je tourne la page, retiens les chants qui expriment une philosophie stoïque de l'existence.

Il n'y a pas d'au-delà. Rien de céleste, rien d'infini. Terre et finitude. À sec, la rivière maternelle. Ariane n'en a pas fini : elle est finie... Finie, qu'est-ce que ça veut dire ? Plus rien ?

Eh bien, j'aurai raison de rien !

Elles sont splendides, les épîtres de Paul. Et incroyables. Autant que la mort de ma mère. Je les médite. Séduisants, les évangiles. Je les médite. Parce qu'ils sont beaux et riches. En me sentant plus pauvre et démunie que jamais.

Je choisis des cantiques, puis des couplets dans les cantiques. Le prêtre a donné un modèle : *Dieu vivant, rappelle-toi...* Je remplace par : *Tu es le Dieu des grands espaces et des vastes horizons, des longues routes.* Ça, je peux chanter... *Tu es le Dieu qui dit : Va ! quitte tes idées mortes et tes vieux préjugés / Passe à travers les déserts, tu auras soif d'aller toujours plus loin...* Complètement d'accord ! J'inscris, ainsi que d'autres lignes qui évoquent la mer, le large, dans la colonne : Chant d'entrée.

Ma mère a pris le large. Pas son genre pourtant. On lui reprochait de vivre calfeutrée. « Une taupe ! » disait ses gendres. « Tes os ont besoin de lumière, maman ! – Laisse mes os tranquilles ! » Elle est peut-être morte de l'absence de lumière. Elle en rêvait, n'avait pas la force d'en mettre dans sa vie. Il faut une telle ténacité pour mettre de la clarté dans sa vie.

Je m'active. À cause d'un air familier, psalmodié tout au long de l'enfance, je retiens : *Je mets mon espoir dans le Seigneur / je suis sûr de sa parole.* Pas parole, mais paro-oo-lee. Une idée me saute à l'esprit : un jour j'écrirai mes propres « Versets pour une mère ».

Je dois aussi associer des noms à celui d'Ariane dans les prières.

Non mais !... À quoi je joue, là ?

Hier j'ouvrais sur la gaieté les volets d'une maison d'été. Hier je remplissais de victuailles les placards d'une maison de vacances et sortais les vélos de la remise.

Je regarde alentour. Un gilet rouge sur le dos d'une chaise. Je sens qu'il est encore tiède. Ma mère vient de le quitter. Il l'attend. « Où est allé mon paletot ? ... Caudie, tu n'as pas vu mon paletot ? » Elle le cherche, dans quelques minutes elle va le trouver.

Il y a des notes prises à la hâte dans un carnet à spirale, au bout de la table. Le jour, l'heure, l'adresse de sa consultation lundi – après-demain – chez le médecin ; un rendez-vous la semaine prochaine aussi avec le receveur de la Poste. Elle manigançait toujours quelque chose avec la multitude de ses comptes. Un indescriptible fouillis financier. Roland, censé gérer ses affaires, tempêtait mais avait renoncé à voir clair, n'assumait plus que la déclaration de revenus.

Ces carnets à spirale, il y en a sur toutes les tables de la maison, recouverts de l'écriture fine, régulière, lancée quoique rétractée, penchée vers la droite. Et partout des stylos avec ou sans capuchon, qui marchent plus ou moins. « Je perds la mémoire, je dois tout noter ! » Donc tout était noté dans l'instant, Ariane n'attendait jamais. Dans l'instant et dans le désordre. Dans ce désordre trop impatient, elle ne se retrouvait pas. Alors, sur un autre carnet à spirale, elle notait encore.

« Et si je couvais la maladie d'Elseneur, qu'en penses-tu ? » Attachée qu'elle était au mythe féminin incarné par ses contemporaines : Michèle Morgan, Rita Hayworth, Ava Gardner..., ma Gilda gantée de laine, ma comtesse aux pieds dans sa chaufferette, ma Pandora si peu naïade et si peu vamp, ma Lucy Muir fidèle au spectre du capitaine, se voyait bien mourir, sur son quai des brumes, de la maladie d'Alzheimer comme la somptueuse Rita, ou usée par la folie douce comme Gene Tierney dont elle a, sur une photo, la même chevelure débordant d'une capeline vaporeuse, et dont elle avait pareil sens de la famille...

Carnets couverts de chiffres semés à tout vent, de mots qu'elle avait peur d'oublier : noms propres, termes médicaux, scientifiques : ostéopathe, Montesquieu, Dakota, Tanakan, œnologue, Fabre d'Églantine... Un vocabulaire ancré dans sa mémoire depuis des lustres, qui lui faisait faux-bond de temps à autre, qu'elle recherchait alors dans sa mémoire défaillante, avec obstination et chagrin, jusqu'à ce qu'il revienne. S'il ne revenait pas, elle m'appelait : « Je ne retrouve plus le nom de... tu sais... celui qui a écrit... qui a dit... Je cherche depuis deux heures le titre d'un film interprété par Bette Davis... C'est l'histoire d'une femme vieillissante, placée par ses enfants en maison de repos, défendue uniquement par sa petite-fille... Je l'ai sur le bout de la langue, je ne m'endormirai pas avant d'avoir trouvé ! – Je ne vois pas, maman. – Mais si ! enfin, aide-moi ! On ne doit pas rester dans l'ignorance quand on peut savoir ! » Nous finissions par trouver. Elle concluait : « Je perds la tête, Caudie !... Il est temps que j'aille retrouver ton père !... J'ai eu mon compte de vie !... Et quoi qu'on dise, tu sais, à partir de soixante-dix ans, c'est du rab... «

Quel est le dernier mot venu sur le bout de sa langue, figé là pour l'éternité ?

Face aux colonnes de vocabulaire, je songe que je suis devenue bibliothécaire en réaction au tumulte mental atavique. Or, ma frénésie du classement est telle que je ne me retrouve pas plus dans mes dossiers que ma mère dans son amoncellement de notes.

Les carnets à spirale d'Ariane. Des natures mortes. Partie à la sauvette, ma fauvette. Petit fauve. Laissant tout en plan. À moi de m'occuper de ses choses. Si je ne le fais pas, personne ne le fera. Personne n'est capable de le faire. Je ne retournerai pas dans ma maison de vacances. J'y aurai, cet été, passé un jour.

L'heure passe. Vite, éloge funèbre à rédiger. Négliger les petits travers. M'en tenir aux lignes de force... Hm ! Seule ligne de force d'Ariane : l'éclair qui, pour rapide qu'il soit, file en zigzag. Cerner les contours d'une personnalité haute en couleurs... Hm ! Ariane : un fondu-enchaîné de nuances !...

J'évoque sa fantaisie, sa curiosité, sa vivacité, son indépendance d'esprit, son raffinement. Je ne dis pas qu'elle aima l'oisiveté pour cause de sempiternelle fatigue, que son existence fut gâchée parce que son marin de père empêcha la jeune fille de faire du théâtre son métier : « Tu seras pharmacien, pas saltimbanque, et tu épouseras un pharmacien. » Pauvre Ariane, qui n'aimait rien tant que se mettre en scène !

Je vois ma mère debout derrière le comptoir à Brest, les mains jointes comme maintenant sur son lit de morte. Elle fait une tête pas possible. Elle aime son apothicaire de mari, mais elle a horreur du tiroir-caisse et du métier de boutiquier. Elle loge au-dessus de l'officine et descend seconder son mari quand il n'y a pas trop de clients, qu'elle peut parler avec eux, leur dire qu'elle ne va pas bien et les entendre dire qu'ils ne vont pas bien. Ensuite, tous vont mieux. « À cause de votre mère, les malades n'ont plus besoin de médicaments ! » disait mon père en riant de bon cœur. Il adorait sa dulcinée-pas-douce-du-tout... Noter qu'elle fut un moulin à paroles ? À paroles irritantes, mais captivantes parce que senties...

Je me retiens d'écrire : *Elle voyait l'évidence, et c'est pourquoi elle était folle*, comme le cardinal d'Espagne dit de Jeanne de Castille... Quelle épaisseur en moi devrai-je désormais traverser pour réentendre ce moulin à cristal ?

Je vois ma mère, vivante, en surimpression sur son éloge funèbre... Je distille une absence... Or, la matinée s'écoule et ma mère reste morte... Même, sa mort grandit en moi puisque je ne freine pas la conscience qui m'en vient... Plaquée à un mur mental, j'adhère physiquement à la réalité... Ma mère est de plus en plus morte... Bien que par intermittence elle soit à peine morte...

Ma mère est morte.

À me dire et redire ça, je me sens comme sur une barque en dérive. Portée par un refrain. Qui va, qui vient. Ma mère est morte. Les couplets n'existent qu'à peine. Ma mère est morte. Je suis toute au refrain. Toute au rythme lancinant qui me déporte – me met hors de moi. Ma mère est morte. Je suis là, et je ne sais pas où je suis. Ma mère est morte. Je suis là, et ma mère *en principe* n'est plus là. C'est elle qui est là. Et moi qui suis ailleurs.

Ma mère relève de la nécrologie.

Toutefois, ciseler une phrase de la nécrologie me soulage du contenu. Mon père aimait dire : C'est le manche de l'outil qui dispose le bras. Sa femme se moquait. Je retourne caresser le visage qui ne se moquera plus.

Ma mère est figée, et je ne tiens pas en place.

Par la fenêtre, je vois trembler les feuilles du tilleul vert dans le ciel bleu. Les a-t-elle assez regardées ! « Ce tilleul, je vais le faire abattre, il obscurcit la cuisine, tu ne trouves pas ? » Tu as été abattue avant lui, maman, – petite branche trop chargée ! Le carillon de l'horloge Art Déco sonne deux coups : la demie de l'heure. C'est un carillon Westminster, très chantant. L'horloge ne sait donc pas qu'Ariane est morte ?

J'attrape un carnet à spirale. Sous l'écriture de ma mère, je note :

Tout à coup – l'absolu
le ciel bleu,
quelle nuit !

Au vrai, je ne ressemble pas à ma mère. Elle, une femme d'oral avant tout ; moi, d'écrit. Extravertie, elle a fait de moi une introvertie. M'interrompant tout le temps, elle a développé ma capacité d'écoute. J'en suis venue à cesser de parler pour mieux écouter, puis, un beau jour, à écrire. Écrire et aménager des maisons, voilà les moyens d'expression qu'à la longue je me suis donnés. J'en ai voulu à ma mère, j'ai fini par lui en savoir gré.

Je rectifie. Une fois, j'ai parlé longtemps devant elle. De Balzac. Pourquoi ? Je ne sais plus. Je me suis mise à évoquer l'homme adorable, enfantin, s'illusionnant inlassablement d'amour. Ariane ne m'interrompait pas. Une porte s'ouvrait grand sur ma parole. Je planais, légère. Quand je me suis arrêtée, ma mère m'a regardée, stupéfaite. Avant de se lancer dans une nouvelle tirade.

Sa mort me rend ma voix. À la mienne de faire entendre la sienne... Ainsi va, me dis-je, dérivante, avançante, refluante, de gorge en gorge, de lèvres en lèvres, de siècle en siècle, la voix humaine...

Ce matin, silencieux comme jamais, le logis est méconnaissable. Je m'y sens dans le vide. Le fameux silence des espaces infinis ? Non, silence d'un espace fini. Qui ne m'effraie pas. Qui m'engourdit. Je me sens comme sous l'effet d'un narcotique.

Mes yeux se posent sur un porte-bouteilles. Il est très vieux, c'est Ariane qui l'avait fait peindre en rouge. Elle n'a pas peint elle-même, oh non. Pas manuelle pour trois sous, ma petite maman ! Elle aimait refaire le monde, de loin, avec des mots ; pas le monde à sa porte, et pas avec ses bras. Une velléitaire, celle qui se disait pratique ! Des voilages volent. Tictac, tictac. Les voilages continuent de voler.

Des merles, des coucous chantent. On les entend, la porte est ouverte. Ma frileuse la fermait toujours. Leur pépiement entre pour la première fois dans la maison... Au cœur du vide, un oiseau danse... Maman, comment t'es-tu envolée ? ...

Au loin, des coups sont donnés sur des pierres. Ils vont peut-être réveiller ma morte. Elle va redevenir vivante. Bien sûr. Maman, j'entends que tu veux parler.

Tu as dû laisser une trace vivante quelque part dans la maison.

Je vais dans sa chambre. Sur le bureau, il y a des blocs de papier à lettres de tous formats, des piles d'enveloppes, des prescriptions médicales. Et les *Carnets* de Montherlant que je lui ai offerts à Noël. Je saisis le livre, il s'ouvre tout seul à une page cornée. Un paragraphe est marqué d'une croix : *Ces trois ou quatre derniers soirs, avant de m'endormir, pendant plusieurs instants il me semble que mon cœur s'arrête, et je me pose la question : Est-ce que le mouvement va reprendre ? L'idée que quelques secondes me séparent de l'inexistence éternelle ne provoque pas seulement chez moi un consentement, mais un élan d'adhésion. C'est avec ravissement que j'envisage ma mort subite.*

Je laisse le livre, interdite.

Entre l'armoire Louis XV en merisier et le bureau, un petit bagage est posé par terre. C'est un sac noir ancien, fait d'un similicuir léger. Le sac de voyage d'Ariane. Il n'est pas fermé. Je m'accroupis. Une chemise de nuit à fleurs bleues, un peignoir bleu, une trousse de toilette mauve, des mules marocaines bleues et or, des papiers de Sécurité sociale et de Mutuelle.

C'était pour aller dans quelques semaines se faire opérer de la cataracte. Ariane faisait tout trop vite et trop tôt : « C'est toujours ça de fait ! »

– Maman, es-tu bien morte ?

– Mais oui, Caudie ! C'est toujours ça de fait !

La cataracte, c'était devenu son idée fixe. Elle m'appelait deux, trois fois par jour parce que je ne m'occupais pas assez de sa cataracte. Il n'y avait plus que ce mot-là dans l'air. « Tu vas me rendre folle, maman ! » Je savais ce qu'il en était. La cataracte était secondaire. « Tu as eu, en plus léger, la même chose que papa, et si tu ne fais pas attention, la prochaine fois tu seras hémiplégique ! – Tu veux m'inquiéter, ou quoi ? »

Le 14 juin (nous sommes le 8 juillet), je l'ai vue si maigre face au médecin appelé d'urgence à cause de vertiges et d'hallucinations : « Mais... il ne reste plus rien de toi, maman ! – Quand je te dis que je ne suis pas bien ! » Si faible, je l'ai vue, calée dans son fauteuil, en combinaison d'interlock rose. Si digne de pitié. « C'est un malaise *vagal* que j'ai eu il y a dix jours, hein, docteur ? Ce n'est rien, n'est-ce pas ? Ce qu'il faut, c'est que je prenne ma tension de temps en temps... C'est tout, n'est-ce pas ? » Petite fille pathétique se rassurant avec les moyens du bord puisque le praticien ne le faisait pas. Et les moyens du bord, c'était, sur la table de la salle à manger, le petit Larousse illustré ouvert à la page : *vagal*. La menace de mort, ce n'était pas pour elle. C'était pour le voisin, qui se traîne dans une chaise roulante. Pour la voisine, couchée avec la maladie d'Alzheimer. Pas pour elle. Elle, dix jours auparavant, elle avait eu un petit, rien qu'un tout petit malaise *vagal* !

Elle était tombée de sa chaise, c'était déjà à table, et son menton avait heurté le radiateur. On l'avait transportée à Brest, à l'hôpital de la Cavale blanche. Où l'on avait fait des examens, insuffisants parce qu'elle n'avait pas voulu rester : « Enlevez moi d'ici ! Roland, viens me chercher ! » Elle était sortie plus faible encore, ayant jeté tous ses repas : « Ce n'était pas mangeable, Caudie, ah ! là là ! je pensais à ta raie au beurre noir ! »

Si ébranlée qu'elle fût, elle ne voulait pas savoir qu'elle avait été victime d'un « accident vasculaire ischémique, occipital droit ». Savoir cela, le savoir d'une certitude intime, l'aurait empêchée sur-le-champ de reprendre son souffle. Ignorer le signe prémonitoire lui permettait de respirer.

Nous n'avons plus parlé que de ses yeux, des tapis qu'elle voyait s'enrouler au plafond, des lampes qui se multipliaient comme les pains de l'Évangile. Elle m'appelait au milieu de l'après-midi : « Tu vois les tapis tournoyer, toi aussi ? – Non, maman, et c'est que quelque chose ne va pas ! – Je peux t'assurer que mon cerveau fonctionne. D'ailleurs, le médecin m'a seulement prescrit un Aspegic par jour, un Imovane, plus un demi-Lexomyl le soir. Il m'a dit que le scanner était excellent. Il m'a dit : Madame, vous allez très, très bien, simplement il est temps de changer vos lunettes ! – Bien, maman, d'accord, maman. » Elle se vantait d'être une hypotendue : « Les hypotendus vivent vieux, Caudie, ils ne peuvent pas abuser de forces qu'ils n'ont pas ! » Mon père, un hypertendu, était mort à cinquante-neuf ans d'un effort excessif. « Le problème, c'est que je ne sais pas quel ophtalmo aller voir, ça me tue d'en choisir un ! Je n'ai confiance en personne ! Aussi bien il ne verra pas clair ! »

Fouillis d'images... de vedutas... Un collier s'égrène... Des perles glissent, rebondissent dans mes yeux... Hier, je pensais au futur en songeant à ma mère... Déjà, je glane des souvenirs...

Assise donc près d'elle, qui regardait au loin tandis que le médecin l'auscultait et que le stéthoscope semblait plaqué sur un roseau brûlé, j'avais été saisie d'un pressentiment. Le soir j'avais dit : « Maman, tu es en train de t'éteindre tout doucement. Je t'en prie, réagis ! »

Je parlais sans croire ce que je disais.

Hora incerta. Parce qu'on ne sait ni le jour ni l'heure, on n'y croit pas. Ma mère disait qu'elle allait mourir. *Je vais mourir* était son leitmotiv. Mais demain, elle serait encore là pour chanter sa ritournelle. Ma mère disait, ne croyait pas. Disait pour ne pas croire. Chacun fait forcément comme si l'outre-tombe ne le concernait pas.

On envisage, on ne réalise pas.

Le bagage, là, prêt pour une nuit d'hospitalisation dans la chambre pleine de tristesse. Je m'en veux d'avoir laissé ma mère consulter l'ophtalmo. Il lui a mis l'idée de cataracte dans la tête. L'idée s'est mise à trotter, ne lui laissait plus de répit. C'est elle qui a fait remonter au cerveau, youp ! le caillot de sang, comme un saumon.

Voilà ce qui me vient à l'esprit devant le vieux sac. Je n'ai jamais vu Ariane voyager qu'avec lui. Combien de fois au sortir d'un train, d'un taxi, lui ai-je pris des mains ce bagage informe ?

Cette fois, je n'ai pas pris le sac. Et elle est partie le laissant derrière elle. Demain, j'en sortirai le contenu.

Je déambule dans la chambre, la cuisine, le salon. Je suis une âme en peine marchant l'amble avec une autre âme en peine. La présence de ma mère est là, forte. Je ne dois pas la laisser disparaître. Un besoin de fidélité me gagne.

Peu à peu, mais si vite.

Inexorablement, le besoin me gagne de maintenir dans la lumière celle que j'ai perdue. Quelque chose germe en moi. Est-ce que je ne suis pas, comme dans les films à effets spéciaux, en train de changer de peau ?

J'ai envie d'être ma mère. Je ne vois pas d'autre moyen de faire qu'elle ne soit pas morte. Le sang d'Ariane afflue en moi, instille au mien une cadence qui se superpose à mon rythme, se fond à mon rythme. La vie n'est qu'une circulation d'idées, de mots, de gestes. Circulation tous azimuts.

C'est la circulation qui compte, pas ce qui circule.

L'animation a bien à voir avec l'âme. L'âme de ma mère vient m'animer. Je sens qu'il va y avoir combat intime. Je vais devoir intégrer cela qui m'intègre, agréger cela qui peut me désagréger. L'épreuve est à ma mesure. Ce sera l'épreuve de la ressemblance, ou de la reconnaissance. *Anima mea. Anima nostra.*

On sonne à la porte. Bien qu'elle soit ouverte. C'est l'homme des pompes funèbres. Bonjour. Bonjour, même si le jour n'est pas bon. Il tient en main le catalogue d'hier et dit que nous n'avons pas, mon frère et moi, choisi le modèle de poignées qui convenait au cercueil :

« Celles-ci sont plus belles, regardez, elles font plus riche. » Je dis : « Vous avez raison, elle font plus riche ». Je me répète cela *in pectore*. Plus riche.

Ma mère ne se dit plus rien *in pectore*.

Je ne toucherai pas ces poignées. Des porteurs les saisiront. Ils y passeront après-demain des cordes pour descendre dans le tombeau le cercueil de maman qui hier à cette heure, où je me tiens parlant des poignées, boutonnait la redingote Fouk's gris perle maintenant suspendue au porte-manteaux derrière moi. « Vous voulez peut-être demander l'avis de votre frère ? – Non, non, il sera d'accord. Vous avez l'habitude de ces choses, nous vous faisons confiance ».

En fait, tous les cercueils sont laids. Tous plus difformes les uns que les autres. Il n'existe pas, à la lettre, de forme moins heureuse. Et plus ils font riche, plus ils sont laids. Mais quoi ! Ne m'en voudrai-je demain d'avoir choisi des poignées trop simples ? Le vivant jette en riant : Une caisse en sapin me suffira bien ! Mis au pied du mur (ou du trou), les survivants sont honteux de ne pas choisir un écrin précieux ; on craint de manquer de respect, on veut s'éviter des remords. Ma mère fut généreuse. Des poignées riches sont le moins que nous puissions lui offrir. Que la corde glisse donc entre d'imposantes poignées de bronze doré et mouluré ! Au revoir, monsieur. À lundi. Oui, à lundi. Il me serre la main : « Comme vous ressemblez à vot'mère ! Eh ben, dites donc ! elle est remplacée ! »

Il y a trois semaines, je choisissais un rosier dans une jardinerie de Lannilis au retour d'une promenade sur la côte des *abers*.

Ma mère assise sur un banc de bois peint en vert. Elle a un hématome sur le menton à cause du heurt récent contre le radiateur. Une vieille dame pénètre en voiture dans la vaste cour. Elle s'assied près d'Ariane tandis que la pépiniériste, sa fille, approche un chariot rempli de géraniums et serre les bacs dans le coffre de sa voiture.

Le soleil brille. Penchées en avant, les deux vieilles dames se confient leurs ennuis de santé. Derrière la charmille, je déambule dans le carré de rosiers et j'entends dans l'air pur résonner leurs voix. L'une parle de ses hanches qui *vont de travers*. « Et vos yeux ? » demande ma mère. « Hopalà ! usés aussi ! » La pépiniériste se retourne : « Voilà, maman ! » Et Ariane d'intervenir : « Quand même ! vous laissez votre mère conduire alors qu'elle ne voit pas clair ? – Mais... elle voit clair ! » Je ris derrière la charmille. Ma mère ne veut pas être seule à voir les tapis s'enrouler au plafond. Il est vital pour elle que les autres aussi aient des troubles visuels... Que n'ai-je photographié les deux douairières dans leur cadre de verdure !

Je ne vois plus, alors je re-vois.

Mon inconscient rend l'absence présente comme il peut – en la tapissant de *revenance*. Les sensations font surgir des visions qui rendent la réalité souriante, supportable ; tout mal veut son remède.

J'avais donc choisi *Ghislaine de Féligonde*, un rosier buisson à petites fleurs pompons en bouquets, d'un ivoire abricoté, très parfumé. *Ghislaine de Féligonde* est planté sous la fenêtre du salon, près des marches de granit. « Nourris-le bien, maman ! sers-lui du marc de café, arrose-le avec du thé froid, et parle-lui : les plantes sont très sensibles à la voix humaine. »

Ghislaine de Féligonde est en fleurs. Petites, mais de jolis pompons. Pourquoi maman m'a-t-elle dit : « Je ne le trouve pas fameux, ton rosier » ? Plus jamais une phrase ne me trottera dans la tête comme celle-là.

Elle a bien dit aussi qu'elle était exténuée. Mais elle a passé sa vie à décliner sa fatigue ! Si bien que je jugeais sa fatigue moins au dit qu'à la manière de dire. Quand on a de l'allant pour dire qu'on va mal, c'est qu'on va bien. Avant-hier soir, la manière était bonne ; je me suis couchée soulagée.

Maman, tu m'as parlé de roses, et je ne t'ai plus entendue !

Elle va revenir pour parler d'autre chose, – de choses qui lui ressemblent davantage. C'est moi qui aime parler de fleurs.

Je verse du thé froid au pied de *Ghislaine de Féligonde.* Au soleil du sud-est, la nuance rose doré l'emporte sur l'ivoire. Quelle délicate harmonie !

Mon frère surgit, me voit, théière en main, penchée sur les pompons abricotés. Il secoue la tête : « Aussi folle que sa mère ! »

Nous faisons ensemble le tour d'un jardin à l'abandon. Une jungle. Le lierre dévore le fusain, descelle les pierres du muret qui nous sépare du voisin. La vieille haie, dont on taille seulement les pousses de l'année, a par endroits trois mètres d'épaisseur. Le lilas, plein de branches mortes, empêche de fermer le portail...

Ariane, qui n'avait de goût que pour la comédie humaine, est partie en me parlant de fleurs !

Est-ce pour que je n'oublie pas que la fleur, c'était elle ?

Je la revois un après-midi d'hiver sur la dune à Tréompan, coiffée d'une de ces toques de fourrure qu'elle collectionnait et personnalisait avec des nœuds de gros grain cousus à la va-comme-je-te-pousse, gantée de laine bleue, le visage dissimulé derrière une étole de laine bleue, tenant à deux mains un parapluie mauve aux baleines épaisses et bien courbes.

Je la revois si bien. Petite violette émergeant de la dune.

Autrefois, quand j'étais malade, elle mettait sur ma poitrine des cataplasmes à la moutarde. Préparés par mon père dans son officine, enveloppés dans un linge chauffé, ils étaient pleins de vertus mais me mettaient au pilori. Assise au bord du lit, pour me distraire de la brûlure, elle chantonnait :

Mignonne aux yeux de vi-olette-e
que fais-tu là, triste et seulette-e ?
Chèèree Cendrillon, vite pa-a-re-e-toi...

La seule berceuse qu'elle ait jamais chantée. Moi aussi, j'ai bercé (sans poser de cataplasmes) mes enfants avec la chanson d'Ariane. Oubliée, elle m'est revenue il y a peu – en berçant mon petit-fils.

Ma mère chantait faux. Moi aussi. Néanmoins, elle était tout entière un chant juste.

J'ai tort de dire qu'elle négligeait les fleurs. Il y a des pots de géraniums et d'*impatiens* sur chaque marche du perron. Ils ont résisté à la main de la jardinière. Elle achetait une barquette, dépotait vite fait, un peu de terre dans le pot d'argile, n'importe laquelle, vite tassait avec deux doigts, et maintenant que ça pousse ! Ça poussait. N'est-ce pas ça, avoir les pouces verts ?

Je parle un an plus tard de main verte, et me voilà pensant à la main de ma mère. La mienne rose, la sienne devenue verte sous la terre.

Tandis que ma mère est un macchabée qui se décompose, je la recompose. Tandis que. Parce que.

Je rentre regarder ses mains. Y a-t-il rien qu'on voie davantage et qu'on regarde moins ? Fines, avec sur la peau des taches de son – des fleurs de cimetière –, et sous la peau, des macules de sang séché. Le vif-argent ne courra plus dans les veines.

Je regarde les miennes. Le sillon des veines est identique. Elles seront exactement pareilles un jour. Avec tes bagues, on dirait les mêmes, déjà ! Ton visage, maman. Le mien. Pareils. Que tes cheveux soient blancs, tirés en arrière, et mes boucles blondes et moutonnant sur les tempes, n'y change rien. Mêmes traits. Même ovale. Mon allure et ton allure. Toi sur la dune comme ailleurs, gantée et chapeautée. Moi partout, gantée et chapeautée. L'une comme l'autre passionnées de l'essentiel, mais amoureuses de l'accessoire. Les mêmes goûts. Les mêmes manies. Les mêmes enthousiasmes et affolements. Les mêmes vagues, se succédant à la même vitesse, avec les mêmes hauts et les mêmes creux.

J'apporte chez Roland le dossier de funérailles. Il faut choisir une musique pour chaque étape de la cérémonie. Ariane se moquerait, mais je me moquerais d'elle si je n'en avais pas le souci méticuleux.

Une cassette, a dit le prêtre. Mon frère en a peu. On trouve *Jésus, que ma joie demeure !* J'écoute comme je n'ai jamais écouté. J'imagine (pourquoi ?) Falconetti, la Jeanne d'Arc de Dreyer, murmurant, en passant ses mains splendides devant les lèvres : *Jésus, que ma joie demeure !* Il est inutile d'entendre autre chose ! C'est ce choral qu'il faut retenir pour l'Offertoire. Devenu commun ? Du fait de sa puissante évidence. Banal ? Banalité qui a force de loi. Le jour n'est pas à la distinction, mais à l'immersion dans le vaste mouvement que chante Bach : du soulèvement à l'écrasement, de l'écrasement au soulèvement... *Que ma joie demeure !* écrit Giono, qui ne veut pas limiter à la foi chrétienne une joie tellurique... Bach, plus modeste, en appelle au Très-Haut : *Jésus, que ma joie demeure !...* À toi, Jésus, de forcer ma joie !... Aide-toi, le ciel t'aidera ! répond Jésus.

Le ciel n'existe pas. À moi de m'aider toute seule. Mais dans la pensée de toi, Jésus, je suis moins seule dans l'effort, il est moins amer de m'efforcer !... C'est parce que cette supplication a roulé de siècle en siècle dans toutes les têtes que le choral est venu rouler sous les doigts de Bach, et qu'il roule aujourd'hui à la place des larmes dans toutes les gorges sanglotantes. Pas Dieu, pas Seigneur ! Jésus qui as existé, doux Jésus, sais-tu ? maman est morte ? Morte, sais-tu ? Oh, ne laisse pas mourir ma joie !...

Roland choisit d'autres morceaux pour d'autres moments de l'office. Pour la musique d'entrée, l'*Ave Maria* de Schubert s'impose dans notre choix réduit. Passe devant mes yeux un crépuscule que j'avais contemplé à la campagne, enfoncée dans un fauteuil, écoutant Tino Rossi chanter cet air-là. Les accents veloutés qu'il extrayait de profondeurs rauques m'avaient arraché des larmes aussi veloutées, et l'or du soir avait glissé de moi comme la résine au flanc d'un arbre entaillé. C'était un soir heureux.

Aujourd'hui, qu'est-ce que je fais là, assise au bord d'un canapé, à attendre d'une musique qu'elle me soulève, alors que ma mère est plaquée au sol ? Qu'elle m'arrache des larmes, alors que ma mère est devenue sèche ? Pourquoi je ne me laisse pas moi aussi plaquer au sol et assécher ?

Pourquoi est-ce que je prends le contre-pied de la mort ?

Je reviens à la maison. Maman, hier à cette heure-ci, tu mettais ton couvert à la table où je choisis des cantiques pour ton enterrement.

Patiemment, je reprends le modèle. Je remplace *Dieu nous prendra avec Lui* par *Malgré tout, je ne perds pas confiance*. Bon. Quel refrain à la prière universelle ? Je remplace *Il fait nuit sur nos chemins, reste avec nous, Seigneur* par *Rassemble-nous dans la paix de ton amour*. Dieu n'est pas sur nos chemins, mais lier les mots : rassemblement, paix, amour, mille fois oui ! Qu'il n'y ait pas que la guerre sur nos chemins !

Je sélectionne aussi : *Prions pour ceux qui croient à la résurrection...* Les croyants me paraissent avoir une longueur d'avance sur moi.

Le *Notre Père...* Je n'ai pas vu l'Église évoluer. *Que ta volonté soit faite...* J'en suis encore au vouvoiement... Pourquoi le pain de chaque jour, et plus le pain quotidien ? Il s'agit d'avoir du pain chaque jour, non ? Bah ! Jean XXIII avait ses raisons !... *Pardonne-nous comme...* Oui, très beau ! La supériorité du catholicisme, c'est ça, c'est le pardon...

Tiens ! le *Kantik Ar Baradoz !* Le Chant du Paradis ! On les chante donc encore, ces versets bretons qu'à la grand-messe j'ai baragouinés jadis, mêlant ma voix d'enfant aux voix féminines, répondant avec elles dans l'aigu aux autres, taillées comme l'océan, des pêcheurs celtes. Voix qui montaient de la nef, gonflaient comme une voile la voûte peinte en bleu. Le *Kantik Ar Baradoz* retentit dans mon âme triste, monte dans ma tête triste, descend mettre un sourire sur mes lèvres tristes... Le Chant du Paradis comme dernier accord... Évidemment...

Reste le texte d'adieu. Poème ou prose, a dit le prêtre. Les poètes, Ariane n'en raffolait pas : « Je suis concrète, moi ! » Mes livres non plus, elle n'en raffolait pas. Mais ils sont là. Je retiens, dans le seul qui ne l'ait gênée, le récit d'un rêve de fin du monde fait ici, une nuit où elle était hospitalisée...

Le lendemain, j'étais allée la chercher. Elle avait mal dormi près d'une voisine insomniaque qui lui avait raconté sa vie. « Tu te rends compte, elle s'est crevé le tympan avec un coton-tige ! Franchement ! Il y a des gens, quand même ! » J'avais rangé dans le sac informe ses affaires de toilette et l'avais prise par le bras. « Il est temps que je rentre mettre de l'ordre dans mes affaires, parce que s'il m'arrive quelque chose, vous ne saurez pas vous débrouiller, toi surtout, avec ma succession, quatre enfants, quatre imbéciles, et le notaire pas plus dégourdi, ah, celui-là ! s'il a pu être notaire, je peux être inspecteur des finances !... – Oui, maman. Tiens, monte dans la voiture. – Tu m'as fait quelque chose de bon à manger, au moins ? Comment on nourrit les malades dans les cliniques ! c'est une honte !... Ma pauvre Caudie, c'est ça que tu devrais écrire... Ah, j'ai bien hâte d'être chez moi ! Tu es vraiment gentille, mais je te récompenserai, tu sais ! – Tu me prends un peu trop pour ta servante, maman ! – Il faut bien une servante dans une famille ! rentrons vite !... »

Assise à la table de cuisine, ailée autant que zélée, je ne sens pas mon corps, je suis tout entière dans mon esprit qui s'évade. Il ne demande qu'à s'évader vers des scènes vivantes et saisit au vol la moindre vision charmante.

Chant de conclusion. *Tu as été plongé dans la mort de Jésus...* Voilà. La messe est prête. Retenez deux couplets par cantique, a dit le prêtre. J'ai écarté ceux qui parlent d'un au-delà où nous nous retrouverons tous un jour.

Je ne retrouverai jamais ma mère ailleurs que sous mon crâne. À moi de la faire courir dans ma tête. Que ma mère vive en moi, entraînée par mon dynamisme mental. Le sang de l'esprit, c'est la pensée.

Tout ça est faramineux. Or, ça s'impose à mon esprit avec légèreté. Comme si mon esprit avait été conçu, modelé, pour en venir à la marée de souvenance qui commence aujourd'hui.

Je retourne voir le visage aimé. C'est *rien*, *tout* ça. Une feuille s'est juste détachée d'un arbre !... C'est énorme : une cathédrale s'est engloutie... Mais feuille et cathédrale, en regard de l'infini de l'inconnaissable, ne sont-elles de même poids, de même relief ?... Ni poids, ni relief.

En raison de quoi, face à ma mère je suis tellement dépassée par le rien que je fais du surplace avec le sentiment qu'au fond l'énorme n'est peut-être rien.

Je remets la notice nécrologique à mon neveu. Il faut la taper sur l'ordinateur. Nous modifions un terme, déplaçons un paragraphe. Si on remplaçait primesautière par spontanée ? Plus courant ! On garde. Seul, primesautière est exact. On tire une douzaine de copies sur l'imprimante. Merci, Julien.

Non, décidément non. Ce n'est PAS possible.

Je retourne à la maison vérifier l'impossible. Je vérifie que l'impossible a été rendu possible. Mais si l'impossible est possible, tout est possible. Et si tout est possible, il est possible que ma mère revienne à la vie.

Ou qu'à l'instar de ma mère, je ne coïncide plus avec mon apparence ! Tout est sens dessus dessous en moi. Même, quelque chose de moi n'est plus dans moi. Je suis prise de vertige, j'étouffe. Je ne sens plus que je suis moi. Moi n'a pas pu être quitté par ma mère.

Peut-être que si ?

Je est un autre, *je* flotte sans amarres. Je ne sais pas où est *je*. Je fais les gestes qu'il faut, commandés par l'église, l'administration – et le bon sens. Mais *je* est détaché de moi, rivé à ma mère, sur la rive de ma mère, absenté dans l'absence de ma mère, *je* devient fou, ou je deviens folle, je ne sais plus, je ne sais plus rien, tout file en roue libre dans ma tête. Cette roue libre délivre les sanglots. Face à ma mère, je me mets à pleurer, pleurer...

Je pleure et je me mouche. J'essaie encore de penser. Efforts pitoyables. Il ne vient que des images. Impression de chercher mon chemin dans l'éther.

Entre ciel et terre.

On sonne. C'est la fleuriste qui apporte les fleurs commandées tôt ce matin. Quatre couronnes. Sur lesquelles sont piqués quatre rubans d'argent flanqués de gros nœuds : *À ma mère*. Jamais Ariane n'a pareillement été entourée de fleurs fraîches.

Si elle voyait ça ! Elle n'aimait que les fleurs sèches ! Ça l'avait saisie un beau jour, et c'était devenu une idée fixe. De toutes les brocantes, de tous les marchés, elle revenait avec des bouquets de fleurs sèches ou en soie. Aussi y en a-t-il dans toutes les pièces de la maison. Pourquoi s'en priver, puisqu'on est *quitte de mettre de l'eau* ? Même les hortensias au violet incomparable n'entraient dans la maison que rouillés.

Les bouquets frais reposent sur des lits renflés de fougères. Couronnes mortuaires obèses pour ma mère décharnée (« 55 de tour de tête, Caudie, n'oublie pas, si tu me trouves un joli chapeau ! »), diadèmes dérisoires pour ma reine déchue.

La senteur des lis violacés se mêle à celle des roses rouges, des hauts lupins blancs à la pointe verdissante et des grandes marguerites saumonées.

Tant de fleurs fraîches sentent la mort.

Je tourne le regard vers les minuscules bouquets secs pour sentir la vie. Des immortelles, des épis de blé, des chardons bleus, de la bruyère. Fleurs pauvres, courtes sur tiges. Chateaubriand me revient en mémoire : « Enfant de la Bretagne, les landes me plaisent, leur fleur d'indigence est la seule qui ne se soit fanée à ma boutonnière. »

Midi passé depuis longtemps. Je retourne de l'autre côté de la haie chez mon frère. Bruit de vaisselle dans la cuisine. Un saladier appétissant préparé par Odile. On parle des fleurs du jardin, de l'allée d'hortensias. Les plus beaux du pays. « Vous avez un secret pour obtenir ce violet ! » Pas le moindre. Les hortensias, ma mère les a plantés il y a quarante ans. Hortensia = maman. Son allée d'hortensias. *Mes* hortensias, répétait-elle. Aujourd'hui je dis : *Ses* hortensias. Je sens que demain je dirai : *Mes* hortensias. Mes enfants diront : *Les* hortensias de maman. Avant de dire, un jour à venir semblable à celui-ci : *Ses* hortensias. Un adjectif possessif va se déplacer. Je vois venir le déplacement lourd de sens d'une toute petite lettre initiale. Quelque chose bascule en moi. C'est nébuleux, quoique aigu par intermittence.

J'ai déjeuné sur le pouce.

Il faut rapporter le dossier des funérailles. Comment font ceux qui n'ont pas de famille ou dont la famille n'est pas disponible ? *Comment font* me fait sourire. Dehors, l'air est tiède.

Du presbytère je reviens par le « petit chemin »... Ô chemin d'antan, parcouru chaque jour et plusieurs fois par jour, depuis trois quarts de siècle, par ma mère !

Les quatre enfants sont arrivés. Chacun muré dans sa peine. On pense à maman, on n'ose pas penser à l'après-maman. On n'en veut aux liens du sang que parce qu'ils crachent leur inéluctable évidence. Je me dis : il faut y consentir.

Des visiteurs viennent dire leur prière. Au pied de la couche mortuaire j'ai disposé, selon la coutume, un guéridon avec une coupelle d'argent remplie d'eau bénie par le prêtre lors de la visite à la cure. J'y ai trempé un bâtonnet taillé dans la bordure de buis du jardin.

C'est avec minutie que je me soumets aux usages et m'immerge dans l'océan des gestes séculaires. Ils sont sacrés parce qu'ils sont séculaires. Je ressens l'heure comme sacrée, et veux la vivre avec des gestes sacrés. Moi aussi, j'ai saisi la branchette de buis, aspergé d'eau bénite le... l'enveloppe mortelle de ma mère en dessinant une croix dans l'air. – Comme si Ariane n'avait, seule, d'un coup, exorcisé ses milliers de démons !

Je t'aime à la vie-à la mort. Donc l'amour est sacré, le deuil aussi. C'est parce qu'on n'aime plus à la vie-à la mort que l'amour n'est plus sacré, et qu'on escamote le deuil.

Je souris à un oncle, à une voisine. Ils viennent vers moi : « Elle était, elle était... » Comme l'imparfait est à l'aise sur les lèvres ! Comme la langue s'adapte vite ! Ils me présentent leurs condoléances. Je mesure la signification du mot. *Cum-dolemus*. Puisque nous souffrons ensemble, nous sommes censés souffrir moins. Quand ma mère et moi riions ensemble, nous riions plus chacune.

Le positif prévaut contre le négatif *en fin de compte*...

Je me dis cela tandis que la voisine murmure qu'elle a croisé ma mère dans la rue. Ma mère ne se sentait pas bien ce matin-là. Ce matin-là ? Hier. Ma mère sortait de chez le médecin. Je songe : j'irai le voir, celui-là ! je lui dirai son fait !... Cela ne servira à rien, sauf à me donner l'impression que j'ai fait mon devoir. Piètre devoir.

Je regarde Ariane, indifférente à ce qui se passe. Comme elle a su dire flûte à tout, et à tout le monde ! Oh, comme elle est devenue douce et gentille, l'incisive, la caustique !

Comme elle a trouvé le repos !

Un jour peut-être je serai allongée à la même place, et je ressemblerai comme deux gouttes d'eau à la femme que nous photographions. On prendra des photos de moi, on comparera avec celles d'aujourd'hui. On dira : C'est stupéfiant ! Le même visage ! on dira ça, c'est sûr. À cause de ça, mon visage vit de la vie qui a fui le visage identique. Elle n'a même pas eu à s'adapter. La vie de ma mère est d'emblée à l'aise dans ma personne.

Je suis pareille à toi, maman. Je vois depuis toi autant que je te vois, ma vision en est écartelée. Ce que tu sens, je le sens... Ce que tu sentais, je le sens avec une acuité redoublée. Tu es imprimée en moi. Que je le veuille ou non, j'ai hérité du matrimoine génétique ! Autant vouloir. Pour bien faire, et bien être.

Il existe peut-être, invisibles, des sabliers de vie. Trois minutes, et puis se renversent. Trois p'tits tours qui ne s'en vont pas vraiment.

Les bouquets jonchent, autour du lit réfrigérant, le tapis que ma mère voyait s'enrouler au plafond. Ils l'écrasent, et ne me disent rien qui vaille.

J'isole quelques boutons de roses que je mets dans le vase qu'Ariane aimait. Une faïence verte et blanche de Sainte-Radegonde, qui a toujours trôné au milieu de la table de la salle à manger. Je place le vase sur une tablette au chevet de ma mère, tout près de sa tête et de la grande croix d'argent. Sous le pastel de la petite fille en costume bariolé de Plougastel.

À bien réfléchir, si, les fleurs disent. Et pas seulement l'hommage des vivants à la morte, pas seulement l'embellissement d'une situation. Plutôt une fraîcheur *têtue*. Des couleurs fraîches et un parfum *entêtant* inscrivent dans ma *tête* l'obstination du renouveau : c'est l'anéantissement lui-même qui est capable de fleurir ; donc, il n'est pas un réel anéantissement. Ainsi les opulentes couronnes, avec leur parfum lourd qui m'incommode, disent des choses qui valent.

Au fil des heures s'y ajoutent des gerbes enveloppées d'un papier cristal qui crisse et sur lequel des enveloppes sont épinglées. J'en extrais les cartes de visite, les range ; j'y répondrai bientôt.

Des fleurs, il en vient, il en vient. Ma mère est morte dans son village natal. Elle était, quoique a-sociale, très sociable, bonjour bonsoir à tout le monde, et chacun était sensible à la silhouette rapetissée, emmitouflée, occupée à économiser son peu de chaleur interne. Tous aimaient la vieille dame qui « perdait un peu les pédales » (ainsi qu'Alphonse susurrait gentiment dans son dos, Alphonse, le sénateur-maire qu'à Ploudal on appelle par son prénom, Alphonse haut en couleurs et généreux, Alphonse qui conduisit victorieusement la délégation française à Chicago lors du procès de l'*Amoco-Cadiz*) mais était « tellement mignonne » selon Marianne, une vieille commerçante, et « avec qui, au moins, on pouvait parler ».

On ne sait plus que faire de ces bouquets frappés de gigantisme. On les met dans la cheminée. Où il n'y a jamais eu de cendres. « Le feu, ça fait trop de saleté ! » Ariane a fait cimenter le conduit de la cheminée pour que le froid extérieur ne s'y insinue.

On peut à peine évoluer dans le salon.

Il y a deux mois, nous déballions les petites trouvailles rapportées de Brest. Je regarde le papier cristal, ne vois que le papier journal qui jonchait le sol tandis que nous nous enchantions de nos bonnes affaires. « Tes gants, maman ! cette suédine ! Tu les as eus pour une bouchée de pain. – On aurait dû en prendre plus. – On n'a quand même que deux mains ! – Tu as raison, et je ne sais pas si je les porterai beaucoup. Enfin ! je me suis fait plaisir. » Les doigts de ma mère n'ont jamais enfilé ces gants.

Je me dis : Je relèverai le gant qu'elle a laissé tomber.

Les ongles d'un rose de coquillage sont devenus violet-noir. Ne pas donner à voir ce vilain travail de la mort.

En souvenir des gants de suédine, je déniche dans la commode un chapelet de buis, vieux de cinquante ans, que je reviens disposer sur ses doigts. J'en couvre soigneusement les ongles. C'est de perles de bois, maman, que te voilà gantée !

Et les bagues fantaisie trouvées le même jour à Saint-Martin ? Tu les as portées deux mois. Je retourne dans la chambre. Elles sont dans une coupe, sur la table de nuit, avec les colliers achetés pareillement sous la halle. Bijoux sans valeur.

Comme les voilà pleins de valeur !

Ariane avait eu du plaisir ce matin-là. Mon mari raille la façon dont elle et moi nous nous habillons : « D'où tu sors ça ? » C'est son refrain. De Saint-Martin. Faute de nous donner l'une à l'autre une moitié de manteau, ma mère et moi échangions nos trouvailles. C'est que sur le carreau de la halle on ne choisit pas, on trouve (ça dispense de l'option, intolérable). Pas du classique, il a été acheté en magasin : c'est l'insolite dont héritent les soldeurs professionnels – et ce pour quoi je n'ai jamais vu ma mère habillée de beige ou de marron. Elle ne portait que des jupes, achetées « pour le prix d'un nettoyage ». En robe, je l'ai vue une fois surgir de sa chambre : « Caudie ! Comment tu me trouves ? Dis-moi franchement ! – Oh ! qu'est-ce qui t'a pris ? » Nous avions éclaté de rire, on était pliées en deux, on ne pouvait plus s'arrêter. La robe en camaïeu brun à nœud Lavallière avait aussitôt pris la direction de la maison de retraite : « Ça fera plaisir à une petite vieille »... Laquelle aurait l'âge d'Ariane.

Amusée, amusante, elle avait donc marchandé à mort le prix des bagues. Elle adorait marchander. Le prix elle s'en foutait, c'est marchander qui lui plaisait ; et mieux encore, discuter avec quelqu'un.

Elle aurait préféré discuter avec Mauriac, c'est resté son rêve toute sa vie. Mais Mauriac n'était pas là alors que le soldeur était là, plein de drôlerie. S'en suivait un coup de foudre pour sa pacotille. Nous avions, de ce fait, acheté plus de bagues que nous ne pouvions en porter.

« Au fond, celle-là, j'aurais pu la laisser où elle était ! – Eh bien, donne-la moi, prends celle-ci. » Nous avions toujours un petit commerce en cours. Les trouvailles, nous adorions ça.

Est-ce que je ne vais plus dire : Nous adorons ça ?

N'irai-je plus dénicher des « trucs pas ordinaires » chez « Dynamit qui casse les prix », courir à la poste expédier des paquets de vêtements chauds, et puis téléphoner : « Maman, je t'ai envoyé... » ?

Debout, face à sa commode, laissant couler d'une main dans l'autre les bijoux de quatre sous, je songe : voilà, je suis dans la *ricordanza*, je commence à faire la biographie de ma mère.

Les bagues sont déjà abîmées. Ce n'était même pas du plaqué or, – du Fix, comme tu disais. Nous avions payé tout ça une bouchée de pain, ça n'en valait peut-être pas deux.

Si. Et trois, et quatre bouchées de pain, et des dizaines, et des centaines, et plus que des festins de roi. Puisqu'elles nous avaient donné l'occasion de rire. D'être *ravies ensemble*. Aujourd'hui la mort t'a ravie, toi toute seule.

Je songe : rien ne vaut que d'être ravis ensemble. Devant le lit de ma morte, je pense à l'amour physique qui ravit ensemble les amants. Ne les réunit pas, les ravit ensemble. Dante, encore et toujours : Paolo et Francesca s'envolant ensemble vers l'enfer. Seuls chacun dans sa tête, mais *ravis ensemble*.

Ma petite maman envolée seule vers un ciel hypothétique. Les ponts sont coupés entre elle et moi puisque nous ne rions plus ensemble.

C'était une excessive, mue par ses nerfs. Aujourd'hui, ni pulsation, ni pulsion.

Quoi ? Elle ne me fera plus jamais sortir de mes gonds ? « Sois damnée ! » lui ai-je un jour lancé, moi-même à bout de nerfs.

Sois bénie, maman, pour tes tirades insupportables !... Je voudrais être assise en face d'elle, et qu'elle parle, et qu'elle me saoule de ses discours, et qu'elle m'agace, me mette hors de moi, et que je lui lance : « Sois damnée ! »

Oh, sois bénie de mériter d'être damnée !

C'est moi qui réclame d'être bénie... Il y a des jours, comme ça, où on aimerait recevoir une bénédiction, on ne sait pas pourquoi, pas du tout pourquoi, des jours où on se dit que Dieu existe puisque le besoin de Lui est incoercible, où on se dit que c'est Lui qui suscite ce besoin et non l'inverse, et on se dit que l'on gamberge, et que non, on ne gamberge pas, et on ne sait plus où on en est, ni ce que gamberger veut dire, on réclame Dieu du fond d'un petit cœur que la blessure rend gros comme ça, qui est à l'étroit dans la poitrine, si à l'étroit que c'est impossible qu'un autre logis ne l'attende pas et que ce logis ne soit un ciel où se déployer, un ciel habité, habité par des anges et des saints et par Dieu...

Six heures du soir passées. Dans son fauteuil, en robe de chambre, ayant dîné légèrement, prête à filer au lit, ma mère devrait être assise à regarder *Questions pour un champion* : « Ça fait travailler ma mémoire, tu comprends, et ça occupe le temps, tu devrais regarder aussi ! – Je n'ai pas que ça à faire, maman ! – On trouve toujours le temps si on veut ! Il y a en ce moment un laveur de carreaux qui répond à presque toutes les questions, tu es loin derrière ! » Jamais personne autant que mon impatiente ne m'a exhortée à endurer le temps. À sept heures, elle sera au lit. Elle décrochera le téléphone posé sur la table de chevet, appellera un enfant ou sa sœur, et les mots couleront de sa bouche comme un ruisseau d'argent une heure durant.

Non. Ce soir, c'est moi qui décroche son téléphone. J'appelle ses vieilles amies. Elles sont déjà couchées, je les réveille. Elles sont un peu sourdes. Suzanne me fait répéter. Elle a cru reconnaître la voix d'Ariane. « Non, je suis Claudie, c'est maman qui est morte... Une mort subite, oui. – Ma petite fille, comme je l'envie ! Je me lève le matin avec de telles douleurs dans le dos que je me recouche en me demandant si je vais tenir jusqu'au soir ! Je comprends que tu aies de la peine, mais c'est tellement mieux pour elle ! » Roberte s'exclame : « Mourir ailleurs que dans un lit ! Ta mère a eu de la chance ! voilà ce que tu dois te dire !... Elle conclut : « Faut-il qu'elle l'ait méritée, cette chance ! »

La nuit est noire. Tombée dehors. En deçà des volets clos, le jour fut nocturne.

Il n'y a pas de place au sol pour une couette : les fleurs occupent tout l'espace. Du reste, leur parfum est trop capiteux pour que je dorme là. Si capiteux soit-il, à la tête de ma mère il ne monte pas.

Nu hier, ce soir le salon est plein. Intime hier, même avec Ariane sur son lit de glace, ce soir il est une chapelle ardente macabre, avec moi penchée sur ma morte. *Stabat filia*.

Je souffle les bougies. Je monte. Mais ne montent pas les modulations au téléphone de la voix fluide dans la chambre du bas. « J'ai la bouche sèche, Caudie, explique-moi ce que j'ai ! Je n'arrive plus à parler ! » osait-elle me dire à la Pentecôte, alors que je n'en plaçais pas unc !

Sa voix très timbrée, avec des harmoniques souvent dignes d'un électrocardiogramme ! Elle m'échappe. Dans la cuisine peut-être ? La salle de bains ? Non. À l'étage ? Non plus. Je tourne en rond dans la maison. Jamais enregistrée ! Perdue, la voix d'Ariane.

Ce ronronnement maudit, comme il me manque !

Tout chavire en moi. La voix de ma mère marquait mon territoire, même mon territoire d'adulte. Ce soir, je suis seul maître à bord. À bord de moi. Et j'ai envie de couler.

III

Le dimanche

Ces choses qui se sont passées il y a un an, je ne cesse de les repasser en mon cœur.

Je ne voulais pas qu'aujourd'hui devienne hier. Je songeais : Ce sera tout le temps maintenant, ce sera partout ici.

Faux. Un an après ces jours marquants, j'ai beau presser ma mémoire, elle fait faux-bond à ma morte.

J'ai vu ma mère perdre sa mère. Je l'ai entendue dire : « Tu vois, Caudie, c'est bizarre, plus le temps passe, plus je la regrette. Si tu savais comme elle me manque ! » Elle ajoutait en riant : « À mon âge ! Tu te rends compte ? » Je me suis surprise à confier à ma fille : « Un an après sa mort, ma mère me manque plus que jamais ».

Elle me manque d'autant plus que je tâtonne parmi les dates, les heures, et cherche des jalons. Était-ce le samedi ? le dimanche ? Les jours me reviennent avec des lacunes, se télescopent dans ma tête. Et j'escamote.

Souvenir, que me veux-tu ? disait Verlaine.

Fidèle à la vérité de mes sensations, je dis des choses, mais n'arrive pas à dire ce que je voulais dire. Ce que je veux dire recule au fond de moi au fur et à mesure que les mots émergent et que je les couche sur le papier. Couchés là, ils sont loin de ce qu'ils étaient censés dire. Et même le peu qu'ils disent, à peine est-ce écrit que ça se retire de moi comme une marée, laissant la plage vide, exigeant que j'aille plus loin chercher la mer : – la justesse de ce qui fut vécu.

Je veux réussir à parler non *de*, mais *depuis* un état mortel partagé avec ma mère. Je veux, vivante, y parvenir. La conviction que je peux forcer la mort dans ses retranchements, donc la vaincre, ne me laisse aucun répit.

En fait, c'est renier déjà ma morte que d'en parler : la réflexion me détache de ce à quoi me nouait l'émotion, je glisse sur la perte sans la pénétrer. Je sens que je parle pour ne rien dire ; mais plus encore je sens qu'au bout du rien, quelque chose aura été dit par mes mots sans même que je m'en sois rendu compte : à force de concentration, l'essentiel, auquel je ne peux accéder directement, surgira de l'accessoire – comme par inadvertance. L'*anecdote* fera émerger le dessous des choses.

C'est pourquoi je biaise en racontant.

Il y a si peu à raconter ! Et j'ai beau me *re-présenter* les événements de ces jours-là, ma mère n'est plus au présent. Impossible de la faire revenir.

C'est irréversible, me dis-je, – irréversible. Et irrévocable, le silence de maman.

Ma mère est morte comme la mer Morte : dans ma tête, elle a laissé un désert de sel brûlant.

Voyons. C'est dimanche. Le dimanche qui a suivi le samedi dont je viens de parler.

Comme hier, je me suis levée tôt. Je dégringole au salon. Maman, bonjour !... Quel tour pendable tu me joues, mais ça suffit ! Vas-tu longtemps te *réveiller morte* ?

La mort suppose qu'on parle à la troisième personne. Si spontanément je continue de te parler, maman, tu n'es pas complètement morte ! En outre, l'absolu est parfait. Si je dois parler de toi à l'*im*parfait, c'est que tu n'es pas dans l'absolu !

Clauses de style. Pour fouailler la mort. Rien n'y change. Ma mère a bel et bien *trouvé* la mort. Et mon tutoiement sonne faux.

Je me penche sur celle qui s'est penchée sur mon berceau. Le col de sa chemise remonte plus haut qu'hier : le corps a glissé sous l'édredon de neige. J'ajuste tout cela. (Me souvenant de mon père, je songe qu'on habille les femmes en tenue de nuit, les hommes en tenue de jour, pour le grand départ.) Ariane flotte dans sa chemise. Elle pesait trente-huit kilos à la Pentecôte. « Je suis au bout du rouleau, Caudie ! »

Ces derniers temps, je m'inquiétais parce qu'elle ne montait plus sur ses grands chevaux. Sa vision était devenue... panoramique. C'est à cela qu'on voit la mort tracer son chemin chez quelqu'un. Plus d'étriers, d'éperons, de cravache, d'œillères : *moriturus* chevauche une aile d'oiseau.

Je me fais la même remarque qu'à mon arrivée vendredi : ma mère a le visage juvénile que je lui ai vu sur des photos couleur sépia. Elle a, si on peut dire, rejoint une autre facette d'elle-même. Ariane n'est plus malheureuse, ça saute aux yeux ; ce saut dans mes yeux fait ricochet dans mon cœur, qui bat plus fort.

Je pose la main sur celui qui ne bat plus, pendant quatre-vingts ans a battu. Dans une lettre : « Rappelle-toi la Vierge, un glaive lui percera le cœur, un seul !... C'est quatre glaives qui ont percé le mien ! »

Au vrai, le seul mobile de ma mère a été d'échapper à la persécution qu'elle recherchait. Elle se débattait pour sortir de l'angoisse, mais n'évoluait comme un poisson dans l'eau – que dans l'angoisse. En émergeait-elle, qu'elle se débattait pour trouver dans *l'air du temps* ce qu'elle goûtait dans l'humeur noire. N'importe quel menu fretin était bon pour nourrir l'anxiété devenue non sa seconde peau, sa première chair. Hélas, de même qu'il fallait que la température extérieure fût à vingt-trois degrés, pas un de plus pas un de moins, pour que son corps se sentît bien, il lui fallait une dose précise d'angoisse pour qu'elle y fût à l'aise, et il y en avait toujours ou trop ou pas assez...

Elle a échafaudé des moulins à vent qui ne tournaient pas rond, rompant contre eux les lances de ses partis pris. Elle a rongé ses tracas comme un écureuil ses noisettes, tournant en rond dans son devenir, devenant sans jamais faire halte, à la vitesse grand V, – dévastée par sa véhémence. Elle a couru, couru dans sa tête (au demeurant, quel surplace !) pour en arriver là.

Consumée sur un lit de glace.

Tout ça pour ça. Mais qu'est-ce que ça veut dire ? À quoi tout ça rime-t-il ?

Le buste de ma mère est aussi froid qu'hier. Sa poitrine ne se soulève pas davantage. Aplatie ! Un buste d'enfant. Mon Dieu, comment ne pas dire : mon Dieu ! qu'est-ce qui se passe sous mes yeux ?

De prime abord cependant j'éprouve, face aux traits apaisés, un soulagement. Seule, j'ai mal. Elle n'a plus mal. Moi, je sais faire avec la douleur ; pas elle.

Je regarde ma mère telle qu'en soi-même l'éternité devait la changer, et quelque chose en moi dit merci à l'éternité.

Elle est changée – pourquoi ?

Parce qu'elle en a trop vu. Trop vu que je n'ai pas vu. Ainsi voient toutes les mères. Ainsi meurent toutes les mères. Quelle que soit la largesse de notre regard, nous ne pouvons la voir qu'avec nos yeux d'enfant, nous l'enfermons dans la figure de : *maman*.

Cette femme-ci, c'est Ariane telle que ses enfants l'ont empêchée d'être. Elle leur a enfin échappé. Il n'y avait pas d'autre moyen d'être hors d'atteinte de sa marmaille.

Le calme du visage me fait prendre la mesure de la frustration vécue.

N'empêche, ce matin c'est à elle que je voudrais faire part de ce que je ressens ! *Noli me tangere*, redit la morte. Je reçois de plein fouet l'évidence : ma mère n'est plus mon interlocutrice. Et l'amour n'est plus qu'unilatéral. Hélas.

Hélas. La première syllabe dit la perplexité, mais les lèvres esquissent un sourire. La deuxième fait retomber les commissures des lèvres et la langue glisse entre les dents pour y inscrire ce constat amer :

Personne ne m'aimera plus à la folie, – sans que j'aie peur qu'on cesse de m'aimer.

Me voilà plaquée au fauteuil de ma mère. Terrassée. Ça tourne devant mes yeux, images. Ça tourne dans mon corps, sensations. Mon intellect, lui, est pétrifié.

Où est passé l'élan qui faisait pétiller la langue d'Ariane ? Où est passée sa verve lyrique ?... Le lyrisme, c'est la vie, me dis-je, l'absence de lyrisme, c'est la mort. Je ressens avec violence que l'amour est la poésie, la mort l'antipoésie. L'amour, c'est le charme... Ma mère ne dégage plus de charme.

Cette subite absence de charme foudroie tout, alentour.

Je regarde les meubles, les bibelots. Je les vois pour la première fois. Je suis perdue parce que je ne reconnais rien. La mort est une chose on ne peut plus normale, on ne peut plus anormale. Elle ne répond, ne correspond à rien.

Oh, cela qu'on éprouve et ne peut comprendre ! Faut-il donc passer sa vie à se frotter les paupières pour voir du fond des yeux ce qu'on voyait du bout de l'intellect ?

En partant, ma mère a pulvérisé tous les repères. Je ne savais pas qu'on pouvait mourir *à ce point*.

Tout de même. S'il reste un peu de blanc dans le noir, le noir n'est pas total ! Il y a ce lit blanc. Ce blanc-là me retient encore de croire que maman s'est complètement enfoncée dans le noir.

Et puis, derrière les volets, le jour est lumineux.

Blondeur de l'air. Je sors. Envie d'arracher *Ghislaine de Féligonde*. Non. Je vais me mettre à le chérir même s'il (ou parce qu'il) n'a plus pour moi de sens qu'à témoigner du temps qui ose continuer de passer.

Je me penche sur le rosier « pas fameux ». La vie sent bon. Des pétales sont tombés pendant la nuit. Si je parfumais un peu la nuque de ma mère ? Il y a dans la salle de bains un flacon rose de « Dalissime » sculpté en forme de lèvres, déniché à Saint-Martin.

À quoi bon.

Plutôt m'occuper des rosiers pour opposer la poésie du jardin à l'antipoésie du salon. Respirer *Ghislaine de Féligonde*, geste poétique. Respirer à la place de ma mère, geste éminemment poétique. « Seule la poésie fonde ce qui demeure ».

Et y a-t-il quelque chose qui demeure, à part l'envie de poursuivre, de – *danser dans les chaînes*?

Je trouve le sécateur, supprime une fleur fanée. Je nettoie aussi le fuchsia, les géraniums. J'enlève des mauvaises herbes au pied des marches de granit, et trois feuilles jaunies dans la glycine.

De retour au salon, j'attarde mon regard sur le fauteuil Art Déco acheté au Havre, donné à Ariane parce qu'elle le trouvait confortable, transporté dans ma voiture jusqu'à Ploudal, et qu'elle avait baptisé *Naxos*, y passant les journées à nourrir projets ou regrets. Le velours est usé à l'endroit de la tête. Je m'y assois. Demain, après-demain, plus tard, je continuerai d'user le velours vieux rose.

Sur le lit réfrigérant plein de reflets gris, elle dort, ma petite morte. Non. Son sommeil est d'un tout autre ordre.

Si elle s'est acquittée de la vie, moi, je ne suis pas quitte d'elle. Je la tiens *dans mon orbite*. Drôle de vis-à-vis.

Je la revois bouger. Je la revois tellement. Ta vitesse, sorcière, avait des yeux pour tout. Et tous, nous avions constamment un temps de retard sur toi. C'était agaçant, tu jouissais de nous agacer, et jetais à pleines marmites de l'huile sur le feu !

Fée insupportable, à la voix comme une baguette magique ! Ton Olympe à hauteur de tes yeux fous. Fous, mais jamais faux.

Tu dédaignais de passer tes intuitions au crible de l'intelligence. C'est que tu avais pris le parti de la subjectivité, tout entière dans le moindre geste, le moindre mot, le moindre cil que tu levais. Tu mettais sur la table tout ce que tu étais. Et ça s'imposait avec un naturel qui forçait les barrages de la raison. Rien de frelaté dans ta personne. Jamais de composition sur ton visage. Toujours la spontanéité frondeuse, la fraîcheur.

Tellement qu'elle y est encore, la fraîcheur, sur ton visage de morte. Tu étais un oiseau de race.

J'ai beau te ressembler, maman, je te trouve tellement plus belle que moi. Je me suis toujours sentie nulle et laide en face de toi... À la traîne.

Te faire compliment. De tout. Ton goût exquis. Jamais une faute de couleur. Même tes socquettes orangées, d'où venues ? assorties au semis de fleurs de tes pantoufles. Les socquettes sont sur la première marche de l'escalier, je les essaie, elles me vont ; les pantoufles aussi. Tu disais : « Il n'y a d'élégance qu'à vivre modestement ! le gaspillage est si vulgaire, le chiqué si commun ! » Je t'ai vue sur ton trente-et-un, je t'ai vue en souillon, toujours avec une allure de princesse.

Un fantôme passe devant mes yeux, qui éclipse la morte. Il n'a pas fini de me hanter. Il commence à peine à me hanter.

À cette fraîche hantise je trouve une saveur douce-amère.

Longtemps, ma mère a été mon modèle. Elle a tout fait pour l'être, et m'a privée de confiance en moi. Je devrais lui en vouloir. « Tu t'es laissé asservir », disent Philippe et Laurence. Mais quoi ! Ariane était diabolique parce que foncièrement innocente ; or, consciente de son innocence. Ce stupéfiant mélange d'immédiateté et de recul me fascinait.

Quand je venais, elle avait, pour me faire plaisir, passé du rouge sur ses lèvres, il était mis n'importe comment ; elle avait étalé un peu de fond de teint sur ses joues, il était étalé n'importe comment. « J'ai bonne mine, oui ou non ? – Oui, maman, oui. »

Bonne mine, elle n'a jamais eu autant que sur les photos de Yougoslavie où elle pose (en manches courtes et cou dégagé !) en compagnie de Lucienne et de Simone, à l'entrée du pont qui enjambait la Drina. Son dernier voyage, presque le seul. Elle avait voulu voir la Yougoslavie à cause de *Un Pont sur la Drina*, le roman d'Ivo Andric couronné du prix Nobel : « Voilà quelqu'un qui a touché de sa plume le fond de la souffrance et de la vilénie humaines ! » C'était il y a... Ensuite, elle a rêvé de voir la Russie à cause de Soljenytsine, mais le Goulag a gelé le rêve de la frileuse...

Mon regard volette d'une vision à l'autre, comme tournoyant autour d'une spirale conique, dont je crois (sans croire) que, parvenu à la pointe, il fera faire demi-tour à l'irréversible. La vérité est autre : la spirale est lisse et mon regard dérape, sans griffe qui le retienne.

Je proteste en images, je suis incroyablement soumise *en fait*.

Dans la cuisine, je me sens un peu mieux, assise à la table couverte de papiers.

Je relis le portrait que lira le prêtre. Il est approximatif, j'ai envie de changer un mot... Mais comment dresser une statue d'eau vive ?

Mes mains, posées sur la table à sa manière, se soulèvent et retombent pour scander l'*à Dieu vat* qui me traverse l'esprit. Je réitère d'instinct la gestuelle de ma mère. Et les postures aiguisent la mémoire.

Je me repais de silence triste. Mes yeux vont du sol carrelé à la paillasse carrelée. Sol mordoré, paillasse blanche... Ma petite maman à l'âme si droite, c'est un angle droit qui a eu raison de toi ! L'idée me fait sourire...

Le carillon Westminster sonne tous les quarts d'heure. Il dit l'âme du temps, et je ressens que l'âme du temps traverse, indifférente, nos âmes : la vie plane sur nos vies.

Je lève les yeux vers la fenêtre. Lourd brasillement des branches estivales. Je songe au vif frémissement des tilleuls nus en hiver. – La mort bruissante.

Je sais que je vais mourir aussi. Je savais la vie aléatoire, je ne le réalisais pas. Ce matin, en écoutant les tilleuls, le carillon et les cloches qui sonnent la messe, je fais chair en moi d'un peu de mort.

Mais ce peu de mort, puisque je suis là, engendre un dynamisme. C'est ahurissant, quoique banal. C'est monstrueux, quoique, malgré tout, aisé à incarner – sinon à penser. C'est la vie.

J'arpente la maison. Ma mère est là. Assise, près de l'encoignure en chêne, elle téléphone des heures et des heures. Elle donne libre cours à son talent pour l'invective. Elle évacue un trop-plein de bile : ce qui est dehors n'est pas dedans ! Elle dépense une fortune en téléphone chaque mois : « Mon seul luxe ! » Buste penché sur les bras croisés, jambes nouées comme des tortellonis, corps ramassé, offrant au froid envahissant le moins de surface possible, elle se confie. Elle dit à sa sœur qu'elle éprouve le monde extérieur comme une crucifixion, que le souci de ses enfants la persécute, le divorce de Laurence qui n'en finit pas, Philippe qui n'est plus le même depuis la mort de sa petite Agathe, le ménage boiteux de Caudie, les examens des fils de Roland, pourquoi, Annick, on ne peut pas s'empêcher de les aimer ? Pourquoi on ne se contente pas d'élever des poules, ou des cochons, ah ! ils vont me conduire au cimetière !... Sa sœur est sa confidente privilégiée depuis que leur mère est morte.

À moi, elle dit : « Il faut m'écouter, Caudie, quitte à oublier ce que j'ai dit. »

Je n'ai plus personne à qui dire mes choses. Ainsi vont les jours.

Ma mère est personne, et je suis l'enfant de personne. Donc je ne suis plus une enfant. C'est un adieu à l'innocence que je suis en train de vivre.

On perd un mari : on perd sa vie quotidienne. On perd un enfant : on perd la chair de sa chair, et une part d'avenir. On perd une mère : on perd son enfance, on perd sinon la patrie, – la matrie, où tout ce qu'on faisait était inoffensif, où il faisait bon être irresponsable ; on devient majeur.

Songer qu'il aurait suffi que je sois là pour que ma mère ne rende pas le dernier soupir !

Oh, le *jamais plus* quand il monte du cœur aux lèvres, glisse dans le cœur, remonte aux lèvres ! Son trajet de suie le long des cordes vocales ! Oh, les lèvres de la nuit !

La mort est un scandale. Hurler que la mort est un scandale !

Mais ce scandale, c'est de ta faute, maman ! Si tu m'avais obéi ! Je t'ai dit que tu es tombée il y a un mois *parce que tu ne tenais plus debout* ! Je t'ai sommée de faire attention ! Tu ne m'as jamais écoutée ! Tant pis pour toi si tu es là !

Tu m'entends, folle que tu es ?

Ah, périssent cette cuisine, ce salon, cette maison, et le rosier « pas fameux » !

La fratrie, dispersée hier soir, s'est retrouvée en silence. J'entends Ariane : « Mes trois aînés sont venus si vite ! Les couches, les biberons, pas de chauffage à Kerloroc, tout le monde dans la même chambre, Alexandrine qu'il fallait attendre chaque matin avec le lait frais, toi si fragile, à qui on faisait des piqûres d'eau de mer dans le ventre, Philippe qui protestait déjà, Roland qui hurlait déjà et qu'on ne pouvait pas tenir emmailloté ! Un matin, il avait eu le poignet tout bleu. Le coupable, c'était ton père : à bout de nerfs, il avait pendant la nuit tordu le poignet du pauvre petit pour le faire taire !... Et au moment où j'aurais pu me reposer, ta sœur qui arrive !... La boutique en plus !... Comment veux-tu qu'une femme résiste à ça ? »

Les enfants tuent leur mère. Sans exception. Je le dis parce qu'à mon tour, je ressens les effets sur moi de ce lent assassinat.

Les heures se suivent, ce sont des trous d'air qui se succèdent. Il y a des paliers entre les trous d'air. Parce qu'ils donnent un semblant de continuité à des heures-trous discordantes, dissonantes, je me prends à espérer que je vais penser quelque chose qui sonnera juste au sujet de ces trous d'air et qui les comblera.

Penser est un acte, un acte me soulagerait. (Le meilleur des médicaments s'appelle pensée, disait mon père.) Or, j'ai beau m'appliquer à assembler des idées, je déambule dans un labyrinthe mental où je cherche en vain le fil de mon Ariane. Chaque vision me lance le néant au visage. Il n'y a rien à penser. Je suis condamnée à l'état pensif.

Ce n'est même pas ma pensée qui erre, c'est moi qui erre autour d'une pensée qui ne tient plus debout. J'avance sans tête parmi les gravats d'une pensée disloquée.

Ma mère est là, mais elle n'est plus que l'idée de maman...

Et face à ma mère *creuse*, je ne suis que béance ; plutôt, je suis embrochée par une boule de béance, comme dans la jungle indochinoise, le soldat l'était par la gigantesque boule de terre traversée d'un bambou effilé et lâchée sur lui.

Se peut-il qu'au vif de la sensation, l'intelligence soit de si peu de poids et l'affectif si pesant ?

La journée s'égrène, dominicale, incompréhensible.

Allées et venues. On fait salon autour de la morte ; elle est un prétexte à une réunion de famille. Cousins, cousines, germains ou à la mode de Bretagne, vieilles tantes et vieux oncles défilent, moins émus que les enfants donc plus causants. On ne s'était pas vus depuis des années. Bonjour. Vous n'avez pas changé. Vous non plus. Bien sûr que si, tout le monde a changé. Même, on a tous bien vieilli. Mais il fait bon reconnaître le génotype maternel ! Le front bas, les traits fins, les yeux vert d'eau, les cheveux blanchis précocement, la célérité maladive... On bavarde. Il faut malheureusement ces circonstances pour se revoir ! Eh oui ! Combien d'enfants as-tu ? Que font-ils ? Où habites-tu ? C'est une jolie ville ! Ta mère n'a pas traîné, hein ? Comme tu lui ressembles ! Elle est partie trop vite ! *plus tôt qu'à son tour !* C'est logique, elle faisait tout si vite, et sans détours. Oui, elle agissait sur des *coups de promptitude*... On rit gentiment.

Ils viennent dans la cuisine. Le prêtre m'a remis une feuille où noter les *services funèbres* commandés à l'église pour *le repos de l'âme* d'Ariane. 80 francs la messe. On pose les billets sur la table, est-ce que j'ai de la monnaie ? J'en trouve. À propos d'argent, tiens ! il faut que trois des enfants signent une procuration à Roland pour qu'il puisse continuer de signer les chèques sur le compte de maman, qui devient compte de... l'indivision ! Dans une boîte je range les billets, compte les *services*. Je ne suis pas sûre que mes calculs tombent juste. Pas grave ! je compléterai de ma poche. Fébrile, je note en parallèle les noms sur un carnet à spirale. (Si tu avais su avant-hier, ma petite chérie, à quoi servirait aujourd'hui ton carnet !) Après-demain, je ferai imprimer des cartes de remerciements, et j'ajouterai un mot personnel pour ces gens qui ont aimé Ariane.

Ils sont heureux d'être là, car c'est une journée particulière ; il n'y en a pas tant. On aura des choses à raconter en rentrant chez soi ; des moments pareils, ça nourrit la conversation ! Hélène et Ingrid, deux cousines fâchées depuis longtemps, sont venues, leur père en souffrait, il garde ce soir à dîner ses deux filles, il est content. La morte provoque des retrouvailles et des réconciliations. La mort sert aussi à cela.

Pourquoi *aussi* ? Elle sert à quoi, la mort ? Elle sert... à vider la terre, à maintenir la vie en éliminant des vivants en trop. Trop de vivants gêne la vie.

La tradition voulait que ce soir le prêtre vienne dire la prière. Il a plusieurs paroisses à charge et n'est pas disponible. Je l'aurais vu venir avec sympathie ; il ne vient pas, cela m'indiffère. C'est une famille impie dont on va enterrer la mère. Puis, qui sait ? L'homme de Dieu fût entré en habit de « tous les jours ». En tenue profane dans un espace sacré. J'aurais vu cela d'un mauvais œil, si païenne que je sois.

Ce n'est pas à un dieu d'amour que nous allons remettre notre mère, mais au grand horloger de Voltaire. Ariane obéit, et nous dans la foulée, à la grande mécanique du monde. Nous faisons moins partie d'une chaîne que d'une grande horloge. Chacun huile son petit rouage pour que la grande horloge fonctionne.

Moi, je huile en rythmant les heures.

Je scande le temps de ma mère morte. Ariane ne peut renaître que dans le temps que je ponctue à sa place. Ceux qui n'ont plus personne pour scander le temps à leur place meurent pour de bon. Je dois incorporer ma mère à mon temps si je veux qu'elle ressuscite.

Je ne crois pas aux textes que j'ai lus pour la préparation de la messe, mais leur musique m'est précieuse d'être le carillon de l'horloge voltairienne. À l'église demain, j'écouterai le rythme de la vie dans les voix qui chanteront un texte auquel je n'adhère pas. C'est moins important d'adhérer aux mots qu'au rythme. La foi est une question d'oreille.

Vivre, c'est scander.

Voilà ce que je me dis, enfoncée dans *Naxos* regardant les vivants se recueillir. Odile refuse de s'asseoir dans ce fauteuil. Sur une chaise, près de moi, elle pleure : « Je n'ai pas fait ce que j'aurais dû faire, Claudie. – Personne, Odile. »

Le jour décline.

Le noyau familial est assis à la table mise chez Roland. Troisième de la fratrie, la figure de patriarche lui va bien.

Nous vivons tous la même chose, chacun la vit de façon unique. Puisqu'on ne peut pas partager, on garde le silence sur *maman*.

Du reste, rien à faire : la morte n'est pas *maman*. Et la morte là-bas nous intime l'ordre de nous taire sur celle dont l'absence règne au milieu de nous.

Je prends conscience que je ne dirai plus *maman* qu'à la troisième personne, et ce sera à mes frères et sœur. Mais ce soir, *maman* est un mot déplacé. Impossible à placer dans la conversation ordinaire. La langue courante achoppe sur un mot soudain fabuleux.

Le vin est bon. Roland a sorti des vieilles bouteilles parce que nous sommes rarement réunis à la même table. Bourgogne, Bordeaux. On déguste. La vie vit. Et la vie exige. Mangeons et buvons ! dit la vie. Nous mangeons et buvons. En mémoire de. Et en trouvant que c'est bon. En disant que le vin est bon, et celui-ci encore meilleur que celui-là.

On discute de vin parce que la mort de *maman* est, à la lettre, indiscutable. On occupe la langue pour qu'elle n'ait pas à prononcer le seul mot qui nous occupe l'esprit. On parle aussi de brocante, et de tableaux, et d'œuvres d'art, et de voyages, et d'amis. Les petits-enfants, au bout de la table, parlent de leurs amours.

Nous faisons comme si *maman* n'était pas morte. Tâcher d'être dans la peine à la semblance de la joie. Tâcher d'être dans l'absence à la semblance de la présence. Feindre, c'est avoir intériorisé.

Faire semblant, le grand art !

Juste semblant. Juste ce qu'il faut pour que le chagrin donne à l'air une dolence où la méditation se sente à l'aise : dolence et douceur vont si bien ensemble ! Elles allègent. Comme le vin.

Mais j'ai hâte de revoir ma petite morte. Elle me manque. Vite, être sous son toit. C'est que demain on l'enterre.

On se quitte. Les phares des voitures balaient la nuit, et *Ghislaine de Féligonde*. Je rentre avec mon fils. Il va dormir sous le toit d'une grand-mère qu'il définissait comme un mélange de Sénèque et de midinette, qu'il adorait, émerveillé par ses extravagances et un pessimisme, mine de rien, plus allègre que nombre d'optimismes : Ma petite Mamiotte, bonsoir.

Sa mamiotte, sa rigolote triste n'a plus besoin de somnifères, ni de remonter le drap sur sa tête pour tenir à distance un monde qui la vrille. De plus en plus froide, la jolie tête ! De givre, ses cheveux. De plus en plus froides, les mains sous ma paume ! Ma paume, je la promène sur les phalanges durcies.

Je déborde de tendresse. Que faire de ma tendresse ? J'ai envie de m'allonger sur Ariane, comme dans le récit de Tolstoï le maître s'allonge, pour tenter de le réchauffer, sur son serviteur qui meurt dans la neige.

Je voudrais que toutes les femmes m'entendent, qu'elles tirent du vivant de leur mère la leçon que je tire de la mort de la mienne. Mais elles ne peuvent pas. Il y a des leçons qu'on ne peut pas tirer *du vivant de*. Il faut que s'évaporent les à-côtés négatifs de l'amour.

Alors reste l'amour, l'amour immense, immensément l'amour. L'amour immodéré, immodérément l'amour.

Et l'envie de hurler à l'amour.

Je remonte (machinalement quoique pas machinalement du tout) le couvre-lit de satin névé sur la poitrine de ma petite chose. Si je m'écoutais, je poserais sur les jambes de ma mère son tiède édredon à fleurs roses et sous ses pieds sa bouillotte bleue. Je lisse encore ses cheveux, je redessine les crans, les gonfle. Des baisers, des caresses.

Je songe à ceux qui meurent dans des lieux anonymes. Tu as de la chance, maman, tu sais ?

Elle qui m'a entraînée dans toutes les maisons de retraite de la région : « Je ne veux plus vivre seule ! » Elle qui décrétait au retour : « Jamais de la vie je ne mettrai les pieds là-dedans, ah non ! tu as même du toupet de me faire visiter ça ! » Or, le lendemain il fallait en visiter une autre. J'enrageais en songeant que pendant ce temps les femmes de mon âge se doraient au soleil des plages, dînaient au restaurant. Et la conclusion était la même : « Je veux mourir chez moi ! Pas d'hôpital, pas d'acharnement thérapeutique comme pour ton père ! Quand le moment sera venu, qu'il vienne ! Ne l'empêche pas de venir, tu as compris, Caudie ? »

Je n'ai pas eu besoin de comprendre. Tu as eu la mort que tu voulais.

Pas de déchéance physique, pas de blouses blanches, de tubes de verre, de tuyaux de métal ou caoutchouc, pas de morgue, pas de funérarium, pas de tiroir d'où sortir le cadavre.

La maison jusqu'au bout.

Un coup sur la tempe tel un coup de sécateur, et te voilà, gracieuse petite fleur, sur une coupelle. *Potlach*, Caudie !

Moi aussi, j'ai de la chance. Est-ce de gratitude pour ma mère magnanime que je fonds en larmes ? Je dis à Romain : « Si je pouvais vous faire, à ta sœur et à toi, le même cadeau somptuaire ! »

Ne restons pas ici, dis-je encore. En même temps, pourquoi ne faut-il pas rester ? Demain soir, Ariane ne sera plus à portée de vue. Me remplir les yeux. Je prends à nouveau des photos de ma morte.

Je dis : *ma morte* avec déjà un peu d'habitude. Et c'est comme si je disais : Ma morte d'amour. Ma petite âme. Ma fille du feu tendre comme du pain blanc. Mon diabolique oiseau de paradis. Mon tout petit enfant.

À quelle fille ne vient un jour l'impression d'avoir engendré sa génitrice ? À la longue on devient la mère de sa mère... La maternité, à l'instar d'une marée, flue et reflue de femme en femme... Et la mer ne trahit pas la vague, la vague ne trahit pas la mer...

Nous nous retirons dans nos chambres. Je sors un calendrier de mon cartable. Maman est morte avant-hier, vendredi 7 juillet.

À la date du 8 juillet, hier samedi, j'ai noté : Appeler Le Guillou. C'est le psychiatre qui l'a soignée à plusieurs reprises. Depuis que sa raison n'était plus attachée à mon père comme à un anneau de fer, depuis que sa sensibilité à fleur de peau filait en roue libre, Ariane faisait périodiquement des dépressions nerveuses ; récemment, ses idées noires m'inquiétaient de nouveau.

À la date du 10 juillet, j'ai noté : 16 h 15, consultation anesthésiste. Demain lundi, au moment où on enterrera ma mère, elle devrait être dans son cabinet. Je me persuadais : il refusera l'anesthésie, et on oubliera cette cataracte !... Eh bien ! elle l'a eue, son anesthésie...

16 ou 17 juillet : Partir à Ploudal.

À la date du 18 juillet : Opération cataracte 11 h 1/2, être à jeun.

Aujourd'hui, le 9, (et depuis combien de jours ?) le bagage de ma mère en bas est prêt pour une hospitalisation de vingt-quatre heures, le 18. Sacrée maman !...

Je range mon calendrier. J'éteins la lumière.

Le silence de la nuit n'est troublé que par le bruit du moteur caché sous les volants de satin de la couchette frigorifique.

Je ne m'endors pas. Si j'avais été là ! J'ai le reste de ma vie pour me dire : si, si, si... Me refuser raisonnablement à le dire, le dire quand même.

Si j'avais été là, maman serait ce soir au chaud dans son lit, demain nous irions nous promener bras dessus bras dessous sur la jetée. Comme à la Pentecôte. Et, le temps d'acheter le poisson, je retrouverais pareillement peut-être Ariane pensant à autre chose, assise dans une voiture semblable à la mienne, saluant d'un sourire distrait le propriétaire étonné qui s'approche.

Si j'avais été là, je serais plus probablement ce soir au chevet d'une mère hémiplégique. Mais cela, mon esprit se refuse à l'imaginer.

Si j'avais été là, respire ! dirais-je à ma petite folle devant la mer après l'avoir extraite de la voiture étrangère et nous être excusées.

La vie d'Ariane ne tenait plus qu'à un fil. Le fil de ma vie. Ma vie s'épuisait à lui tenir la tête hors de l'eau de la mort. Parce qu'avant-hier je n'ai pas donné la becquée de vie réclamée, c'est au cimetière que je conduis ma mère demain. Ce n'est pas elle qui va me suivre, c'est moi qui vais la suivre.

Parce que je n'ai pas été là pour orienter le destin, *maman n'a plus cours*... Ce vocable qui contient tous les miracles, dire que je l'ai un demi-siècle durant prononcé comme un mot ordinaire !... Que j'aie pu, MAMAN, t'appeler à voix haute, et faire que tu tournes vers moi la tête, me paraît incroyable !

Je ne tiendrai plus jamais son bras pour descendre un trottoir, traverser une rue. Je ne la houspillerai plus jamais dans la voiture : « Attache ta ceinture de sécurité, maman, ou je ne démarre pas ! » – Je ne trouve pas les bouts ! »... Je n'attraperai plus les bouts et n'attacherai plus la ceinture de sécurité de la passagère.

Des hommes et des sangles vont laisser glisser ma passagère dans une fosse. Sous mes yeux demain.

Parce que je n'ai pas été là avant-hier.

IV

Le lundi

Demain a fini par être aujourd'hui.

Des camions passent au loin. Ils marquent le lever du jour, le début d'une nouvelle semaine aussi. Je n'ai pas dormi. La tête de ma mère, en bas, vide (l'est-elle ?). La mienne, en haut, pleine à craquer.

Aujourd'hui, l'inhumation. Toute d'air, d'eau, de feu, Ariane n'avait aucun goût pour la terre. Néanmoins, cet après-midi on la mêle à l'humus. La terre a gagné.

La terre-mère, élément de la fin ?... Ou de l'im-mortalité ?... *In-* ou *ex-* la mort ?... Entrer dans la mort pour sortir de la mort via la poussière ?... Tout est désaccordé... Mon discours n'est plus qu'un sac de mots, comme maman n'est plus qu'un sac d'os. Il s'aligne sur ce qu'il voit. Je lui cherche un corps, comme à ma mère.

L'incapacité de penser la mort, de lui trouver un sens, me devient insupportable, je n'ose pas dire : mortelle. Je suis assise au pied de ma mère morte – si piquante il y a trois jours au téléphone – et ce que je vis *par la force des choses* n'a aucun sens. Mon cœur s'en affole.

Il faut que les choses aient un sens.

Je sens qu'il faut. Je me tiens à cette intuition, à la nécessité impérieuse qui s'ensuit d'en trouver un. Pourquoi ? Parce que c'est mourir que de vivre des choses qui n'ont pas de sens ! Or, je ne veux pas mourir, moi ! Donc je me démène pour l'appréhender, ce sens.

En vain.

Qu'est-ce qui se passe sous mes yeux ? C'est-à-dire devant mes yeux, et derrière mes yeux ?... Puisque je suis incapable de saisir le sens, c'est-à-dire du connu dans l'inconnu de la mort, je m'abandonne à l'affectivité, espérant que l'intellect la retournera, l'organisera ; et j'écarquille les prunelles pour qu'au moins tout soit enregistré, me persuadant que ma tête est la chambre noire où finira par se développer ce que mon œil photographie.

Oh, traduire l'intraduisible ! Oh, rationaliser l'irrationnel ! PENSER ! C'est-à-dire tellement presser la nuit en moi qu'elle rendra sa goutte de lumière ! – son sens !

La vue d'Ariane fait barrage à la pensée. Ma tête impuissante donne des coups de talon dans la réalité comme une mule rétive. Et mon esprit patine.

Ce lundi matin, ma mère est là *encore*.

Les traits se sont affaissés depuis vendredi. La peau semble plaquée sur l'os. Du vélin translucide tendu sur une fine charpente. La bouche est plus pincée, semble-t-il ; c'est que les lèvres sont moins gonflées. Un peu décollées à la commissure, comme si ma morte avait esquissé un mot durant la nuit. Une croûte est apparue, au coin. Les rides d'expression paraissent revenues. La trace des lunettes a rougi sur le nez dont l'arête est plus marquée ; et la marbrure a noirci sur la tempe... La nuit monte au visage... La vie s'éloigne, les cicatrices se rapprochent...

Je tâte ma propre tempe. Je ne suis pas sûre, mais j'ai l'impression qu'elle est blessée. Est-ce que tu as eu mal, maman, en heurtant la paillasse ? Ou avais-tu perdu connaissance ?

Je t'en supplie, je t'en supplie, réponds-moi... PARLE-MOI !

C'est à voix haute que je lui parle, moi. J'ai envie de la prendre dans mes bras, elle dont je ne me souviens pas qu'elle ait pris le temps de refermer sur moi les siens. Mais quoi ! j'étais la docile, suivie de près par deux polissons ! C'est ma sœur, de dix ans ma cadette, qu'elle a eu le temps de presser contre elle.

Si j'arrachais ce couvre-pieds, si j'emmenais ma mère ?... Où ?

J'ai faim.

Je n'ai plus que quelques heures pour voir le visage que je dis aimer, et j'ai faim d'autre chose que du visage de ma mère. Mine de rien, je pense à moi plus qu'à elle.

Je l'abandonne pour satisfaire mon corps vivant. Dans la cuisine, je finis le pain acheté par elle pour la rassasier, elle. Impression de lui enlever le morceau de la bouche. Je m'aperçois que je tiens mon bol exactement comme elle le faisait : entre pouces et majeurs, les autres doigts écartés de la faïence brûlante.

Je suis *stricto sensu* déboussolée par le calme de la maison. Ariane avait la passion de la dispute. Adorant hausser le ton, elle était verbalement de toutes les mêlées, les provoquait. C'est son intransigeance qui m'a rendue conciliante, ses foucades raisonnable. Il n'y a rien ce matin pour m'irriter. Je bois mon thé d'Assam sans angoisse. C'est un bon petit déjeuner.

Un bon petit déjeuner avant l'agitation. Il y a trois jours, ma mère remuait dans la cuisine. Ce n'est plus hier, ni avant-hier. Dès qu'*il y a des jours*, c'est loin. Si vite il y aura des semaines, et des mois, des années.

Je me crois dans la perte irréparable, mais je regarde alentour : les couleurs disparues avant-hier sont réapparues. Il y a bien la bouilloire jaune sur la gazinière, les gants de ménage roses pendus au crochet vert, le flacon bleu du sel Cérébos, oui, il y a le *Violoniste* de Matisse punaisé parce que son vert s'harmonise avec celui du buffet vert à poignées jaunes, la théière brune vernissée qui ne sert qu'à moi, le torchon écossais orange et rouge, les corbeilles d'osier accrochées partout, je regarde, oui, oui, il y a le fauteuil rose crevette en rotin, la desserte jaune soleil trouvée à Brest chez les Chiffonniers d'Emmaüs et que j'ai passé des heures à peindre, quelle lumière ce lundi dans la cuisine ! Il y a l'horloge, tictac, la cloche à fromage Henriot à décor de Bretons-Bretonnes-binious-et-chapeaux-ronds, la nappe jaune et violette à motifs de raisin noir, tictac, qui couvre la moitié de la grande table, la bouteille d'huile d'olive et celle de vin rosé, tictac, et au-delà de la fenêtre, les feuilles du cerisier enchevêtrées dans celles du lilas, le clocher doré par le lichen, percé de trous carrés et losangés, il émerge, tictac, du tilleul qui a grandi depuis la Pentecôte, tellement que des feuilles cachent les clochetons, tictac, dix heures au clocher, je regarde la tisanière verte, et, accroché au mur, un tea-cosy qui ne sert jamais, à fleurs roses et bleues, tictac, je vois des images : Dubo, Dubon, Dubonnet, c'était à la brocante de Plouguerneau, tictac, une lampe à pétrole en verre brun, c'est un héritage de la famille de mon père, des rideaux framboise à fleurs jaunes, c'était à la brocante de la place Saint-Michel à Bordeaux, tictac, partout où j'ai vécu, j'ai invité ma mère, il y a sûrement une petite brocante dans le coin, Caudie ! promptement nous y allions, bien sûr je chargeais, déchargeais seule la voiture, tictac, il y a une chaise bistrot à la patine luisante, cloutée de cuivre, elle aussi nous l'avons dénichée chez les Chiffonniers d'Emmaüs, et la lampe à abat-jour fleuri, 40 francs ! avait lancé Dimitri, 30 ! avait rétorqué Ariane, 40, je vous dis ! mais Dimitri avait en souriant noté : 30 sur le ticket pour faire plaisir à la vieille dame, tictac, qui s'était réjouie à la façon dont mon père se frottait les mains, tictac, quand il avait fait passer un carnet de timbres en frais généraux, il avait roulé le fisc, Ariane aimait la couleur, tictac, dans un pays qu'on dit gris...

J'ouvre la fenêtre. Dans le ciel bleu barré par trois fils électriques, un cumulus s'accroche au clocher comme un pavillon à son mât, se déchire aussitôt dans le vent qui s'est levé. Je gonfle mes poumons : j'aspire la vie, j'expire la mort. Je faisais l'inverse hier, je ferai l'inverse tout à l'heure. Je referme la fenêtre sous crémone en y coinçant une branche de lierre en soie pour qu'elle ne claque pas.

J'aime cette cuisine. Elle me souffle que l'esprit humain est plus varié dans ses états d'âme et ses humeurs que l'habit d'Arlequin dans ses nuances...

Ô changeante, – insaisissable Ariane !

Ma mère ailée, ma mère caverneuse. Ma mère avisée, ma mère enfantine. Ma mère mutine, ma mère chagrine. Ma mère intrépide, ma mère effarouchée. Ma mère bardée de certitudes, ma mère transpercée. Ma mère qui pigeait tout au quart de mot, ma mère qui ne comprenait que ce qu'elle voulait comprendre. Ma mère vers qui l'on se tournait pour savoir ce qu'il fallait sentir, ma mère vers qui l'on ne se tournait pas pour savoir ce qu'il fallait raisonnablement penser. Ma mère culbuteuse de raison, ma mère qui avait toujours raison. Ma mère qui ne disait plus ce qu'elle croyait, ma mère qui croyait ce qu'elle disait. Ma mère qui ne pouvait pas s'empêcher de dire son mot, ma mère qui s'arrachait les cheveux parce qu'elle avait dit son mot. Ma mère amoureuse du monde, ma mère allergique aux mondanités. Ma mère qui languissait après les spectacles parisiens, ma mère au lit dans son village à huit heures du soir. Ma mère bavarde, ma mère clouée à la rêverie solitaire. Ma mère éminemment douée, ma mère trop paresseuse pour exploiter ses dons. Ma mère qui n'était jamais où on l'attendait. Ma mère qui avait deux héroïnes : Belle du Seigneur, Thérèse Desqueyroux. Ma Folle de Chaillot dans son cahotant tramway, nommé Refus du désir. Ma guêpe pas si folle, à la taille fine, au regard à facettes. Ma mouche du coche. Ma mère au flair de chien de chasse. Ma chèvre de monsieur Seguin. Ma pouliche qui passait tous les obstacles, et freinait des quatre fers. Mon lièvre qui a coiffé les tortues au poteau. Mon animal de toutes les fables...

Ô ma mère au bord des larmes et du rire – dans la même foulée ! Ma mère qui n'a connu que la cime et l'abîme – dans la même foulée. Ma mère qui toujours préféra les larmes et l'abîme au rire et à la cime... Ô femme bayadère...

Ma mère séductrice dont le charme opérait partout... Et qui donc est de taille à lutter contre le charme ? À quel monstre l'envie en viendrait-elle ?

Je reprends des photos. Puisqu'il n'y a pas de posture nouvelle à saisir, je multiplie les angles du portrait. Face, profil, de près, de loin. Sur la même pellicule, il y aura les photos de la dernière promenade à Lilia : à la pointe de Castell'Ach, devant la statue de Victor Hugo qui scrute le large. Je tiens Ariane par le bras, je souris à la vieille dame qui a accepté de prendre la photo et dont j'ai vu les mains trembler : « Prenez-en une autre, s'il vous plaît ! » Heureusement que sa main n'a pas tremblé deux fois ! Ariane a penché son cou d'oiseau, et son regard transperce l'appareil.

Ariane assise au bar de l'hôtel Castell'Ach, sur fond de grève et de rochers. Nos verres vides sur la table. Elle a bu un diabolo menthe, moi un Ricqlès. Partout où nous nous arrêtions : « Un diabolo menthe, s'il vous plaît, monsieur, sans glaçons ! » À ses enfants elle parlait avec autorité, aux étrangers avec une douceur ! Je ne retrouve plus sa voix demandant poliment le diabolo menthe sans glaçons. Ça va revenir, il faut que ça revienne.

C'était il y a trois semaines.

Toi au bar qui surplombe l'Aber-Ildut. Les boiseries rappellent une cabine de bateau. La fenêtre, en forme de hublot, est entrouverte. Tu n'as enlevé ni manteau ni chapeau ni écharpe de laine pour boire ton diabolo menthe. « Si tu as froid, prends plutôt un café, maman ! – Je ne dormirai pas, Caudie, et j'aurai trop de pensées tristes ! »

C'était il y a trois semaines.

Toi dans le tailleur de laine gris perle à rayures tennis que j'ai porté avant toi, foulard rose autour du cou, parmi la bruyère des monts d'Arrée, près de la chapelle bâtie au point culminant où je t'ai forcée à grimper. Puis te reposant à la terrasse ensoleillée d'un café de Brasparts, sirotant à la paille la boisson verte : « Si j'achetais une maison ici ? On reviendra cet été en chercher une ? – Pourquoi pas, maman ? »

Ne me reste plus que l'incantation...

Toi dans l'église de Commana devant le célèbre retable bleu, rouge, et or. Je te regarde allumer un cierge (comme toujours, devant la mère de l'Enfant Jésus), t'asseoir, voûter les épaules, et regarder la flamme. Tu as l'oreille rosie par le clip trop serré que tu viens d'enlever, encore une trouvaille de Saint-Martin ! Tu tiens en main des gants jaunis de chevreau blanc, trop étroits pour être enfilés, « Si ça continue, Caudie, je mourrai avant de les avoir sortis du tiroir ! »... Est-ce que tu pries ? Non. Tu fixes le cierge et songes que c'est à toi-même qu'il reste peu de temps pour brûler. Même à mon côté, tu es seule, absentée dans la fin pressentie...

Mais l'heure suivante, au bord du lac Drenner, tu as redressé les épaules : « La vie est courte, Caudie, commande des crêpes et du cidre !... Où est la serveuse ? Elle en met du temps à venir ! Encore une dégourdie, tiens ! »

Au retour, halte chez Simone qui me raconte, une main posée sur ton bras, comment elle a attendu contre tout bon sens, des années durant, son mari tombé dans une embuscade en Indochine et porté disparu... Puis, visite à deux amies d'école. Vous retracez votre adolescence et la vie dure pendant la guerre, celle de 40. Anne se souvient de la mort de cinq nouveau-nés pour incompatibilité de facteur Rhésus, de la venue heureuse du sixième, puis essuie ses yeux pour évoquer la mort en couches de cette fille adorée qui lui laissait deux bébés à élever... Je vous regarde, je vous écoute, je frissonne... J'entrevois ce qui nous a poussées dans ce pèlerinage et j'ai la sensation physique du temps en train de couler.

Pourquoi ne me reviennent que les jours où tu étais désarmée ?

J'oublie ceux où tu fus un despote obsédé par l'idée que tes enfants devaient correspondre à l'image que tu t'en étais faite... J'oublie que tu as offert, incapable que longtemps tu fus de relâchement, tes enfants en holocauste au portrait idéal tracé d'emblée par ta passion... Tu n'as jamais ressenti l'indulgence...

Ma relation à toi a tenu du duel autant que de l'amour. Je me suis construite en réaction à toi. Tu m'as fait du bien, tu m'as fait du mal. Merci pour le bien et pour le mal. Tu as été le maître qui ne cède pas la place à l'élève, mais de ce fait conduit l'élève subjugué à rompre le joug... Aujourd'hui tu as cédé.

Cédé, Ariane ?

Au contraire. Elle a gagné. Elle ne me *fait* plus de reproches : elle *est* un reproche.

Je vois le reproche appuyé, minuscule, à l'ancre gigantesque de l'*Amoco-Cadiz*. Calé dans la mâchoire de fonte rouillée. Toque de vison au ras de l'horizon marin. Le ciel est d'un bleu voilé très doux, le soleil de l'ouest allonge une ombre pâle sur la jetée.

Aujourd'hui, le reproche est allongé, et son ombre est passée dans ma tête.

Quand j'aurai les photos sous les yeux, je me demanderai pourquoi j'en ai tant pris ces jours. Ma mère a pris la dernière pose. On la lui a fait prendre ; nous ne choisissons pas notre dernière pose. Nous sommes déjà hors-jeu. Les vivants jouent avec les morts. Je dois jouer.

Parce que mon esprit ne peut que jouer.

Penchée sur Ariane, me revient une scène de *Nuages flottants* du cinéaste japonais Naruse. L'amante vient de mourir, épuisée d'avoir suivi dans la montagne son voyou d'amant en cavale. Il l'a couchée sur un matelas de feuilles et s'apprête à l'abandonner. Il n'a pas d'argent, elle en a dans son sac à main. Il fouille. Ses doigts rencontrent un bâton de rouge à lèvres, son regard s'y arrête. L'amant soulève le capuchon de métal, étale le rouge sur les lèvres de sa morte. C'est dérisoire. Plus que dérisoire, c'est ridicule. Plus que ridicule, c'est un hommage. Hommage insensé, mais instinctif, à la morte. Puis il s'empare de l'argent, jette sac à main et bâton de rouge sur le matelas de feuilles. Un dernier regard à la bien-aimante et mal-aimée, et le voleur s'enfuit dans la montagne.

Dans la salle de bains je prends le rouge à lèvres de ma mère. Le bâton est effilé, Ariane avait une façon particulière de l'étaler, un petit coup vite fait, juste au milieu des lèvres, en pinçant celles-ci, voilà, très bien ! Les lèvres n'étaient jamais uniment recouvertes. « Enfin, maman ! regarde-toi dans le miroir quand tu poses ton rouge ! » Mais quoi ! dans la salle de bains elle ne chaussait pas ses lunettes ! (Dans la mienne, il y a maintenant un miroir grossissant.) Ils sont rangés sur l'étagère, les bâtons que je lui offrais. Je saisis le plus pointu, c'est sur mes lèvres que j'étale la couleur, à la façon de ma mère d'abord, puis non, à ma façon. L'idée germe en moi qu'un jour viendra où je le ferai avec des mots. Je suis déjà une voleuse – de mort...

Je reviens vers ma mère, l'embrasse. Les lèvres rosissent.

Non, pas une voleuse de mort. Je suis une verseuse de vie sur les lèvres de mon vampire.

Ce que je fais est si dérisoire face à l'énormité de ce qui se passe que j'éclate en sanglots et me jette dans son fauteuil. Je ne peux plus m'arrêter de pleurer. Si. Je m'arrête. Je me relève et me penche sur ma morte.

Jusqu'à quand vais-je ainsi faire le va-et-vient, tourner en rond ? Jusqu'à cet après-midi. Alors aller et venir, tourner encore !

Je passe le peigne dans les cheveux de ma morte comme je faisais à l'hôpital. Elle s'en fout, de mon coup de peigne. Elle ne s'est pas décoiffée depuis vendredi ! Jeu ? Pas jeu ? Je donne ce coup de peigne naturellement.

La maison s'anime. Arrivent ceux dont Roland a fait dire dans *Ouest-France* et le *Télégramme* qu'ils ont *la douleur de vous faire part du décès de*. Branlebas autour de la morte. Ma tante raconte, encore sous le choc, comment elle a vu Ariane à même le carrelage de la cuisine, comment elle a alerté le village : « Ma sœur est décédée. » Adorable et tremblante, elle me confie : « Je ne pouvais pas dire le mot morte, Claudie, tu comprends ? »

Moi, c'est décédée que je ne peux pas dire.

J'ai enfilé une jupe noire. Ma mère vêtue de blanc, moi de noir. Le jour et la nuit.

La jupe courte laisse voir haut mes jambes nues. Peau nue = peau heureuse. *Dolorosa* n'exposait pas ses jambes au soleil, n'a jamais su que la vie est là pour qu'on en jouisse. Plus vous jouissez de moi, plus je suis heureuse ! dit la vie. Oh non ! pensait Ariane agrippée au malheur comme à ses laines, justifiant son dolorisme par un propos emprunté à *La Sauvage* d'Anouilh : « Je refuse d'être heureuse tant qu'il y aura dans le monde un petit chat triste. » Souffrir ? Voyons ! Une histoire de dignité !

Il est juste que le deuil affleure. Il m'ordonne de couvrir des jambes bronzées. Je trouve un collant noir dans la commode de ma mère, l'enfile avec tant de précipitation que... crac !

Assise au bord du lit, je regarde, stupide, filer la maille. Derrière la cloison ma mère est morte, et je dois m'occuper d'un bas qui file ! « Romain, s'il te plaît, va à la Léonarde m'acheter un collant noir, taille deux, quinze deniers, pas un collant mousse ! »

Je prends soin d'être au goût du jour. Le goût du jour ne me quitte pas quand ma mère a quitté le jour, n'est plus au goût de rien.

Brouhaha dans les chambres. Leur plancher craque au-dessus de la morte. On monte, on dévale l'escalier. Chacun gère à la va-vite, seul dans sa bulle, son deuil incommunicable. Il vient des voitures dans l'allée, les graviers crissent sous les pneus. À travers les volets clos, des rais de lumière sculptent la pénombre.

La souveraine est paisible, son royaume aux abois.

Quand sonne l'angélus dans l'air limpide, je note que le coq regarde la mer. Il est donc rouillé, car la brise vient de la mer. J'observe ça. Je suis capable d'observer ça. Et contente, car mon esprit en est aéré, – midi est moins noir.

Chez Odile, qui a préparé un repas froid, je grignote, debout, une salade de concombres. Un jour, j'ai envoyé Ariane acheter un concombre, elle est revenue avec une courgette. En cuisine, elle était incapable de préparer même une vinaigrette. Je me trompe, les frites, elle savait faire – dans une friteuse qui datait de son mariage. Accompagnées de côtelettes trop cuites. (Une côtelette, ça va sans dire dans mon village natal, est une côte de veau.) Fais-nous des frites, maman ! Je ne la verrai plus ouvrir, dans un mouvement de recul, sur l'huile bouillante qui explose, le torchon rempli de bâtonnets.

À la table de ma mère, je finissais par manger vite, moi aussi. Sans plaisir. Elle avait, en déplaçant inconsciemment assiette et couverts, des mimiques telles que j'avais l'impression d'être exclue d'un cheminement de pensée qu'elle poursuivait seule. « Maman, je suis en face de toi ! Tiens, prends un fruit ! Une pomme le matin, une poire le soir ! – Pourquoi ? – Astringence matinale, fondant vespéral ! Prends le temps de goûter, maman ! »

Il y a une chose que cette instinctive n'était pas du tout : sensuelle... Disons : cette sensitive n'a jamais développé que le sens de la vue... Aussi, quel œil !

Dans le réfrigérateur il y a des montagnes de yaourts. Rien d'autre. Elle ne mangeait plus guère les *temps derniers*. « Viens, ou je vais me laisser mourir de faim ! – Une soupe, maman, ce n'est quand même pas difficile ! » À la Pentecôte, j'avais obtenu pour elle les services d'une aide ménagère. « On verra après l'été ». Pendant l'été, c'est moi qu'elle voulait.

C'est bien. Je reste.

Les obsèques ont lieu à seize heures. L'heure approche.

Le noyau familial fait cercle autour de la couche mortuaire : enfants qui usent le cœur des femmes, petits-enfants qui mettent un baume sur le cœur usé des femmes.

Manquent les deux arrière-petits-enfants. Il y a un mois, ma fille est venue présenter Adrien... Image : Ariane, assise, retenant avec indifférence et maladresse le bébé souriant qu'on a calé sur ses genoux... L'arrière-petit-fils, ce n'est pas son affaire... Elle n'est plus que dans un face à face avec elle-même.

On sort prendre des photos. Pour une fois qu'on est rassemblés ! Les quatre enfants alignés sur le perron – les meurtriers. Devant les volets fermés, sous le plein soleil, comme elle est bizarre, cette brochette de noir et de blanc ! On se croirait dans *Jour de colère*, de Carl Dreyer. Mais les visages sourient. Ils ne peuvent s'empêcher de sourire. Dedans, c'est une parenthèse. Dehors, c'est le *perpetuum mobile,* le *eppure se mueve.*

À moins que ce soit l'inverse.

La tension monte. Remue-ménage silencieux. Ma sœur et moi sommes assises côte à côte près de notre mère. Nous attendons. Quoi ? Le corbillard des pompes funèbres.

Nous attendons la levée du corps.

Ma mère est morte, mais elle est visible. J'attends passivement le moment où elle ne le sera plus. Je ne fais rien pour qu'elle ne disparaisse pas. Comment puis-je ne rien faire ? Fais quelque chose ! Rien, je ne fais rien.

Pardonne-moi, maman, il n'y a rien à faire.

Nous emplissons notre regard du visage qui depuis des décennies était tendu vers nous. Nous le buvons des yeux. Nous fixons ses traits. Je scrute la balafre sur la tempe.

Elle sera désormais en moi la tache de lady Macbeth ; tous les parfums de l'Arabie n'en viendraient à bout...

Or, mon regard n'est pas capable de rester rivé à la figure qui me sera dérobée dans quelques minutes. Je lève les yeux vers la vie muette qui règne dans le salon. Les meubles, les fleurs, les objets, les visages ont de l'existence. Leurs scandaleuse existence s'impose à ma vue, et mon regard ose circuler de l'un à l'autre.

Le gravier crisse. Crissement inscrit dans ma mémoire. Je ne le confondrai plus jamais avec un autre. Ce crissement-là suffirait à me dire que dehors le ciel est bleu et que c'est l'été. C'est un crissement sur des graviers ensoleillés et chauds. Il est très lent, plein d'écho.

Un trou d'air brûlant me prive de salive.

J'entends le corbillard faire une manœuvre dans le jardin. *Corbillard.* J'ai cherché depuis. Corbillard vient de petit corbeau. Un petit corbeau va emmener la dépouille de maman. Le corbeau dévore le cadavre, mais le petit corbeau abrite, juste le temps d'un transport, le cadavre entre ses ailes.

Ma sœur a saisi ma main. Nous sommes tétanisées. Maman, relève-toi, il n'est pas encore trop tard. Fais vite, maman ! Tu n'en as jamais fait qu'à ta tête ! On ne le sait que trop, que tu prends tes décisions au dernier moment ! Le dernier moment est venu !

Vite, maman, réagis !

Ariane n'en fera plus à sa tête, sa tête s'en est allée. Et le croquemort est entré dans le salon. Je note qu'il a un rond, un bon, un franc visage. Il doit aimer la vie. Mais il fait une mine de circonstance. Hier en polo, aujourd'hui il porte un costume sombre, une cravate noire.

Nous nous levons tous. Bruit des chaises qu'on repousse.

Il s'approche à pas mesurés. Les porteurs le suivent. Le premier déplie un support métallique. Le cliquetis des tiges d'acier perce à jamais mes tympans. Il me rappelle les haubans des voiliers dans le port de plaisance du Havre. Maman, Le Havre, tu te rappelles ? Les suivants apportent le cercueil. Qui me paraît énorme, disproportionné. J'ai pu choisir ça ? Je vais défaillir. Je ne défaille pas.

Le cercueil de ma mère. Entré dans sa maison. Posé là où je bavardais il y a si peu de temps. Je ne pensais pas : dans trois semaines il y aura ton cercueil, maman, où je suis. Comment pouvais-je faire comme si *de rien n'allait être* ?

Un croquemort soulève le couvercle de la boîte capitonnée de satin champagne. Un berceau. On a bousculé les vivants, il ne faut pas bousculer les morts. Le contraire ne vaudrait-il pas mieux ? Ce capiton, pourquoi ? Veut-on assourdir un bruit ? Celui du coup donné par mégarde dans le cercueil, ou celui qui pourrait provenir du cercueil ?

La vie survole la couche mortuaire.

Accelerando. Les *pompiers funèbres* lèvent les mains nouées de ma mère, et c'est l'ensemble, mains, avant-bras, bras – sans plus rien d'humain – qui se soulève. Un homme dégage et plie l'édredon de neige. Je suis saisie de froid pour ma frileuse. Tréteaux nus. Ce n'est pas un lit défait, mais une civière, une ferraille obscène.

Ma mère était déjà jusqu'à la ceinture dans un suaire. Sorte de sac blanc en tissu plastifié. Pourquoi pas un drap de lin blanc ? On dirait un bébé dans son maillot. Vue indécente. Qui me blesse.

Délicatement, le croquemort soulève le dos d'Ariane comme on le fait à un malade, remonte cet humiliant linceul, et tire sur une fermeture Éclair... Ce sont mes yeux que le linge de Véronique marque à jamais de son empreinte.

Voilà. Les mains de ma mère ont disparu.

Sur un buffet, il y a un bouquet d'immortelles, tout petit, dans un minuscule vase de verre bleu. Elles sont violettes, d'un violet fané. Vite, j'attrape quatre fleurs

– parce que que nous sommes quatre enfants. Je les pose à la naissance du cou décharné.

« Vous avez un foulard ou un mouchoir blanc ? » Monsieur Laot s'adresse à moi qu'il reconnaît. Dans l'armoire il y a, je sais, un foulard de soie blanche. Ma mère ne l'a jamais porté : « C'est pour quand j'irai à l'opéra. » Vite je vais dans la chambre, vite je reviens.

D'un signe des yeux, le maître de cérémonie me demande d'étaler le foulard sur le visage de ma mère. Je ne veux pas. C'est un geste sacré. Je sens qu'il faudrait du temps pour l'accomplir. Or, il faut faire vite. *La vie n'attend pas.* Je vous en prie, laissez-moi contempler encore une seconde le visage diaphane, presque consubstantiel à l'air, de ma mère ! Comme c'est beau, un visage ! Tout le monde observe et attend. Je déplie le foulard.

Drôle d'opéra, ma petite maman.

Je me penche, j'hésite, je me détourne, je jette un regard circulaire. Qu'est-ce que je cherche ? L'approbation de mes frères et sœur ? J'y vais ? Je l'enlève à notre vue pour toujours ? Elle dont le regard vivant ne s'est jamais détaché de nous depuis notre naissance, jamais détaché, jamais détaché, jamais détaché, elle qui nous a mis au monde, je l'enlève au monde ? Je couvre maman pour toujours ? On ne verra plus son visage, savez-vous ? J'y vais ? Je le couvre ? Dites-moi de ne pas le faire, d'attendre encore ! Allons, il faut. Faut-il vraiment ? Je me penche sur les traits racés. J'embrasse le front de ma morte. J'étale le foulard.

Voilà. Le visage de maman a disparu. *On ne reviendra plus là-dessus.*

Précieuse figure qui a été visible quatre-vingts ans durant. On l'a vue prendre l'air du temps, se modeler sur le temps, s'y ajuster finement, exprimer toutes les nuances du spectre humain sinon solaire... Quatre-vingts années parties d'un coup ! Tranchées. Retranchées. En un instant. Sans que j'aie maîtrisé l'instant.

Maman, désormais tu viendras de dessous.

De dessous le foulard de soie blanche destiné à l'Opéra Bastille où tu n'es jamais allée. Je ne vais plus appeler, je vais me rappeler ton visage – soustrait à ma vue. Tu ne viendras plus à moi qu'en imagination.

Maman, tu n'as plus de présent que dans notre mémoire.

Le croquemort étale le foulard mieux que je ne l'ai fait, rabat les bords sous le linceul, et remonte la fermeture Éclair par-dessus la tête. Il fait ça avec aisance.

La silhouette est encore là.

Les hommes saisissent la chose qu'épouse le suaire, la déposent dans la boîte. Cette forme, c'est ma mère. On étale une mince couverture de satin champagne. Nous regardons se faire la mise en bière. Bière, de *bera*, un mot francique qui veut dire brancard ; et de *ferre*, mot latin qui veut dire porter.

Ils prennent le couvercle et, mon Dieu, comme tout va vite ! le posent.

Ma mère a disparu tout entière.

La frontière entre la vie et la mort est plus mince qu'un papier à cigarette, mais entre le vivant et le mort, elle est maintenant de chêne. « Au moins, dans mon paletot de bois je cesserai d'avoir froid ! » Le bruit du tournevis ! Les vis s'enfoncent aussi dans ma tête, vrillent le lobe de la mémoire. Vis, cache-vis.

Voilà. Sortir de la vie, c'est entrer dans une boîte. Elle est mise en bière, la casanière bâtie sur un abîme.

Les poignées de bronze, saisies par les mains mâles et fortes, ont cogné contre le bois. Bruit mat.

Ariane traverse le vestibule qui a cessé d'être obscur depuis que la porte reste ouverte, et franchit la porte d'entrée qui n'est plus pour elle que la porte de sortie. Trente ans qu'elle vivait là. Entrait, sortait, trousseau de clés à la main.

Elle descend le perron bordé de géraniums *les pieds devant*, comme on dit en riant quand on est vivant.

Elle ne voit pas *Ghislaine de Féligonde*.

Moi, je vois Gene Tierney dans le film de Mankiewicz qui lui mettait les larmes aux yeux. Je vois *Madame Muir* franchir, déliée, légère, le seuil de sa maison au bras de son amour. L'instant d'avant, assise dans un fauteuil, elle a lâché un verre de lait chaud qui s'est brisé : « Je suis si fatiguée ! » et Rex Harrisson, en spectre du capitaine Gregg, est apparu lui tendant les bras : « Maintenant vous ne serez plus jamais fatiguée... Venez, Lucia... Venez... ma chérie ! » C'est une jeune femme lumineuse qui s'est levée, abandonnant dans le fauteuil sa propre dépouille aux cheveux gris. Les deux fantômes ont descendu l'escalier, croisé dans le vestibule, sans qu'elle s'en aperçoive, Martha, la fidèle servante qui monte s'inquiéter de sa maîtresse tandis que la porte s'ouvre toute seule pour Lucy et son capitaine qui s'éloignent, enlacés, sur une allée aérienne et infinie...

La famille fait escorte à Ariane. Un dernier croquemort stoppe le moteur du lit frigorifique et plie celui-ci. Geste secondaire, presque négligent : on débarrasse. Ça fait un trou épouvantable au milieu du salon. Et un silence ! On emporte les gerbes.

Tant que la morte était là, le salon restait vivant.

Les chaises alignées n'ont plus de sens. Deux ou trois fleurs gisent par terre. Le cadre de vie de ma mère est une épave. C'est maintenant que l'atmosphère est mortelle. Dans un éclair, je me dis : il va falloir tirer de moi une vie nouvelle pour ce salon.

Cet éclair m'électrocute. Je me mets à trembler comme une feuille. Je claque des dents. Je vacille. M'asseoir, regarder le trou au milieu de la pièce ! Pas le temps. Je sors la dernière.

Ma mère a *rendu ses clés*. Dans le vieux coffret de cuir vert, je les prends, éperdue, à sa place.

Le temps que je ferme la maison, le petit corbeau a quitté le jardin. Je n'ai pas vu mon oiseau de paradis grimper *entre quatre planches* sur le petit corbeau ; je n'ai pas vu ma mère *tourner au coin.*

Au coin de l'allée s'en est allée ma petite fille, les pieds devant, et sous ses pieds, les pneus qui crissent du petit corbeau. Je n'ai pas vu. Un maillon me manquera dans la chaîne de ces jours.

L'église est à cent mètres. J'aimerais aller à pied. La voiture de mon gendre m'attend. Quand sur la place je descends, le petit corbeau est là. C'est un fourgon violine (pour atténuer la mort ?). Le maître des pompes funèbres invite les petits-enfants à s'approcher, remet à chacun une brassée de fleurs ; ils se tiennent debout sous le plein soleil.

Il y a du monde sur la place de l'église. C'est une enfant du pays qui est morte, et les gens du pays s'émouvaient de la silhouette qui marchait au milieu de la rue, toujours *dans la lune.* Ils se sont arrêtés un instant. Mais quoi ! le glas sonne presque chaque jour !

Le cercueil est extrait du petit corbeau. On jette pardessus une draperie de velours violet. Philippe me glisse à l'oreille : « Dis-leur de laisser le cercueil nu. » Je n'ai pas réagi assez vite. Précédé du prêtre et porté par quatre hommes, le cercueil monte vers le porche. On invite les petits-enfants à suivre, et les enfants à suivre les petits-enfants.

Tout va trop vite. Ma tête ne suit pas. Mes gestes précèdent mon cerveau. Qui suit cahin-caha. Il y a quatre jours, maman, tu traversais la place, c'est vers la boulangerie que tu te dirigeais.

Je grimpe les marches du porche.

Ici, Ariane fut photographiée au bras de mon père, vêtue de « tissu d'ange » et coiffée de blancheur mousseuse. Un foufrou froisse un autre tissu sous mon crâne. Les yeux brillants de la jeune mariée sur la photo !... Elle était pleine d'entrain... C'est de fatigue que ses yeux se sont fermés...

C'est de fatigue que se ferment les yeux des femmes.

Je sens que l'église est pleine. Au côté de ma sœur, je monte vers l'autel. Je ne vois rien, personne. Je sais que ceux qui me regardent pensent : « Comme elle ressemble à sa mère ! » J'entends que le lecteur de cassettes tourne mal, et que l'*Ave Maria* est écorché. J'avance dans l'église de mon baptême comme au temps où, enfant croyante, je sortais du rang pour communier.

Le maître de cérémonie indique les places réservées. De chaque côté de l'allée, au premier rang, les enfants encadrant le catafalque. – De *catafalco* qui a donné échafaud.

Il y a trois semaines, ma petite décapitée et moi étions dans la chapelle adjacente. Je raillais sa manie d'allumer un cierge pour un oui pour un non afin d'implorer les cieux en faveur de sa couvée. Mon Dieu, faites que. Pas une « veilleuse » dans sa ronde coquille de plastique ! Un cierge, plus noble ! Il brûle plus vite, mais il est plus élancé ! Je m'y étais faite : « Va mettre un cierge, maman, on ne sait jamais ! » Toutes affaires cessantes, elle courait, la chérie !... Je sais que, dorénavant, je vais me plaire à allumer un cierge chaque fois que j'entrerai dans une église.

On célèbre la défunte. Hervé, l'officiant, nous invite à lancer nos voix vers le ciel. Et le chœur retentit. Il entraîne ma voix. Elle peine à sortir de moi. Elle sort, je ne sais pas comment. Et n'est pas larmoyante.

Tenir une lampe allumée
Brûler à l'écho de ta voix

Dans l'amour on chante spontanément ; dans le deuil on s'efforce, on s'accroche aux mélodies anciennes comme à un rempart. Lundi dernier, Ariane, d'une voix chantante aussi, me disait son plaisir à changer de lunettes pour voir bientôt clair.

Ma voix rêve pour moi de l'épaule de Dieu où pleurer à l'aise. *Mon Dieu, faites que vous existiez !* Je psalmodie le besoin de Dieu indéracinable. Où plonge-t-il donc ses racines ? Peut-être parce que l'homme se sent petit, a-t-il eu besoin d'imaginer quelqu'un qui soit grand à sa place ?

Ritournelle des épîtres, des évangiles. Le sens de ce qui est dit, je n'y crois pas. Toutefois, je participe ; participer me fait du bien.

Savoir reconnaître ton pas
Trouver dans ma vie ta présence
Rester et devenir meilleur

Ce sont les chœurs qui montent vers Dieu, me dis-je, pas la voix isolée : nous sommes convoqués en chœur à la divinité, – à une finalité supérieure nommée Dieu.

La cohérence de la cérémonie contraste avec mon fatras intérieur, le structure un peu. Je trouve bon que l'Église prenne en charge ma faiblesse, que les adieux soient orchestrés par quelqu'un d'étranger. Je répète des formules apprises dans l'enfance, retenues depuis. L'ignorance quant à l'au-delà crée un espace où la prière est à l'aise, et je prie.

Sans prier personne.

Je prie en espérant comprendre. Or, le sens qui découle de ma prière, c'est qu'il ne faut pas chercher à comprendre... Parce qu'elle resserre la méditation, bride ses divagations, je vis l'oraison comme la pensée la plus haute.

Je fais les gestes dictés par l'officiant. Ils stylent la peine, me donnent envie de « pratiquer ». Pour la beauté du geste. Je trouve une singulière douceur à ces pompes solennelles qui restreignent la sauvagerie de la mort, et me prends même à regretter qu'on ne fléchisse plus le genou, c'était bellement s'incliner devant le sort.

Ainsi rattachée à des rites séculaires, je me sens moins perdue. Comme si la liturgie apparentait la mort à la vie. Je comprends soudain que l'homme ait imaginé la transmigration des âmes, la communion des saints.

Les jeunes gens se succèdent à l'autel, lisent les textes que j'ai préparés. C'est elle, la morte, qui est à l'origine de ce petit monde. La souveraine a tiré sa révérence à sa descendance. Qui lui rend hommage.

Ma fille lit une page tirée de *Ce que dit le vent d'Ouest*, le seul de mes livres que ma mère, jalouse du temps volé à elle par l'écriture, n'ait maudit : c'est qu'elle y était devenue Ariane. J'avais satisfait son goût de la représentation. Je regarde Lucile. Elle est belle, vêtue de noir. « Pas de laisser-aller, ai-je recommandé, par respect pour ta grand-mère qui te voulait coquette. »

Un jour, ma fille sera à ma place, moi à celle de ma mère, et une petite-fille lira des pages à l'autel. Les crans de la chaîne.

Ecce femina.

Le prêtre fait le tour du catafalque violet en balançant l'encensoir argenté. Cliquetis de la chaînette. Voile de fumée dont le parfum se mêle à celui des couronnes de fleurs disposées par terre tout autour.

Jezus, pegen braz've plijadur an ene
Pa vez e gras Doue hag an e garante

Quand, accompagné par l'harmonium, le *Kantik Ar Baradoz* s'élève, je frémis. Une lame de fond me monte aux yeux. Je ne comprends rien à ce que je chante hormis le mot *Baradoz*, mais j'ai envie de croire au *Baradoz* : au Paradis. Et je me retiens de sangloter.

Ariane n'avait aucun goût pour la tradition bretonne, se voulait française, fille de Racine (elle était castillane). « Tu trahis la Bretagne ! » disais-je. J'ai réparé la trahison avec un brin de malice : Ariane, te voilà rendue à la terre celtique avec un adieu en breton !

On défile autour du catafalque. Je remercie des yeux et des lèvres. Je me sens très loin dans le temps – quatre jours auparavant. Maman me parle du rosier « pas fameux ». Si importante qu'elle fût, maman n'était pas plus immortelle qu'une rose... On asperge sa dépouille d'eau bénite. Si avec tant d'aspersion, ses démons persistent !... Ce sont peut-être eux qui me transforment en statue de sel.

Je n'en peux plus de suivre ce à quoi mon entendement n'a pas accès.

Condoléances. Les amies d'Ariane me serrent dans leurs bras : « Claudie, comme vous lui ressemblez ! » Plusieurs autres sont sous la terre. L'une depuis trois mois ; elle aussi, on l'a trouvée inanimée dans sa chambre ; la mort remontait à huit jours. Au retour des obsèques, Ariane avait offert le thé aux anciennes de Jeanne d'Arc. Anne avait fait le service. Toutes avaient savouré des gâteaux. Chacune avait trouvé l'autre plus vieillie qu'elle-même. Le soir, ma mère m'avait appelée. Elle avait passé une bonne journée : Germaine était dans la tombe, elle douillettement dans sa maison. La mort était passée à côté, donc s'était éloignée. Son histoire à elle, Ariane, n'était pas finie.

Mon regard s'appesantit sur le catafalque. Maman, qu'est-ce que tu fais là ? Est-ce bien là ta place ?

L'office funèbre est achevé. Sur la place de l'église, bonjour à l'un, bonjour à l'autre. Bon-jour quand même. Avant de monter dans les voitures. Le convoi se dirige vers le cimetière.

La tombe de la famille maternelle où mon grand-père Jean, depuis quarante ans, ma grand-mère Anna, depuis quinze ans, mon père Yves, depuis trente ans, ont remplacé des ancêtres plus lointains, est une tombe ancienne de granit rosé aux bas-côtés couverts de graviers blancs. Au milieu, le sarcophage est recouvert d'une dalle d'ardoise. Sarcophage : *qui mange les chairs*.

Les noms gravés dans l'ardoise datent du XIXe siècle. Je les associe à des portraits de femmes en coiffe dans de grands cadres pendus au-dessus des lits, dans la maison d'Anna. Ces aïeules appartenaient à un univers irréel. Il cesse d'être irréel parce que ma mère a été réelle, que son nom va rejoindre les leurs, et que le nom de ma mère est plein de sens. Ce n'est pas ma mère qui devient irréelle, ce sont les aïeules qui deviennent réelles.

À mes yeux.

Pour les autres, le nom d'Ariane va rejoindre des noms qu'aucune existence jamais n'a illustrés. Des inconnus passeront devant la tombe, ne liront dans le nom de ma mère qu'une abstraction, et ma postérité la regardera sur les photos comme j'ai regardé les femmes d'un autre âge. C'est le sort commun.

Le petit corbeau est arrivé en crissant dans la contre-allée de graviers blancs. Je prends une photo de la famille rangée derrière le *paletot de bois* posé sur des tréteaux. Dernières planches pour ma tragédienne.

Ma Reine morte, avec sa couronne mortuaire sur le ventre.

Je t'en ferai sortir, Ariane, de tes quatre planches, moi à qui tu as rogné les ailes ! Je t'y ferai danser, moi que tu as entravée ! La place au soleil dont tu as rêvé, incapable de la vouloir vraiment, c'est moi qui te la donnerai depuis l'ombre où je vis ! Je t'en fais serment...

Ultime adieu prononcé par l'officiant. Que d'adieux !

Autrefois, de grands ifs bordaient le cimetière. Aujourd'hui, le mur d'enceinte est nu. Trop bas pour dissimuler l'enseigne du supermarché Casino, trop bas pour étouffer le bruit des turbines et des chariots qu'on encastre ou arrache tandis que la prière est lue à voix haute. Ici des morts, là des paniers de victuailles. Derrière le mur, il y a la faim qu'on assouvit ; ici, on va jeter de la terre sur ta bouche, maman. Jusqu'à la fin, le profane se rappelle au sacré. Casino effronté. Casino insultant.

La terre s'est entrouverte. Le côté droit du caveau est profond. Huit places. Une idée d'Ariane : « Autant voir grand, on se tiendra chaud tous ensemble ! »

Monsieur Laot fait signe à ses hommes. L'un d'eux saute dans la fosse aux parois grossièrement cimentées. Les autres, avec des sangles, laissent glisser le cercueil. *Atterrée*, je regarde faire.

Voilà ma mère au fond du trou.

À côté de mon père. Ils ont rêvé de vieillir ensemble. Ils ont vécu ensemble trente ans, elle lui a survécu trente ans. Ils n'ont fait qu'une seule chair, dans le lit funéraire ils vont faire un seul os. Non, désormais on parlera d'ossements.

Je suis debout face à leurs restes, – moi, leur reste vivant.

C'est juillet, le vert est d'argent, le bleu est d'or, les oiseaux chantent, c'est l'heure d'emmener Ariane boire un diabolo menthe à Lilia.

Se peut-il que je ne fasse un geste ?

J'en fais un, désolant, dicté par le croquemort. Il a dénoué une gerbe et tend à chacun une rose. Je jette la fleur sur le cercueil après avoir tracé une croix dans l'air au-dessus du vide.

Au nom du père... et de la mère... Ainsi soit-il.

Penché sur la fosse, Roland dit : « Qui sera le prochain ? » Je dis : « Moi ! je suis l'aînée. » Chacun des quatre enfants pense : Moi, qui sait ?

C'est que nous sommes en première ligne dorénavant. La corde le long de laquelle le cercueil de ma mère vient de glisser fait de moi la première de cordée.

Ma mère était l'obstacle entre la mort et moi, soudain la route est lisse vers la Parque. Je n'étais pas concernée, je le suis. Ariane avait beau répéter : « Je sens que mon tour est venu », les mots restaient vides de sens. Son tour était une idée vague... La prochaine fois, c'est mon tour. Et cela cesse d'être un discours oratoire, c'est une sensation aiguë : je suis *moritura*. Celle qui va mourir.

Parce que ma morte n'est plus visible, je vois la mort en face. Elle va rester en face jusqu'à ce que mes enfants vivent ce que je suis en train de vivre.

La sépulture est achevée. Les fossoyeurs vont refermer le sépulcre...

Comme tout fut rapide et simple !

Retour à la maison. C'est encore chez maman. De ma mère, voilà ce qui reste ce soir : *chez maman*. On revient *chez maman*. Jusqu'à quand ?

On m'aide à remettre les meubles à leur place ; le poste de télé est rebranché. Les traces du cauchemar sont effacées.

Revoici la maison tel qu'elle était il y a quatre jours... Maman n'y a-t-elle fait que passer ?

Je sers des jus de fruits dans le jardin. Les danseurs sont en noir, mais le bal de la vie continue. On prend encore des photos tandis qu'un oiseau, l'impudent ! vole et pépie.

Je distribue les bouchées de chocolat dont le buffet est plein parce qu'Ariane aimait en offrir à ses hôtes : « Les bouchées, c'est facile, il n'y a rien à préparer ! » Les petits-enfants doivent reprendre la route, être à Paris dans la nuit. On se dit au revoir.

Ce n'est pas ma mère, c'est moi qui agite la main.

Le rosier « pas fameux » a pris un teint abricot ; il y a des topazes dans les pétales des hortensias violets ; des hirondelles, à l'horizon, lancent des trilles dorées.

Mes pas me conduisent au cimetière.

Le sort de ma mère est scellé. Elle est couchée dans l'élément maternel. Ensevelie, me dis-je à voix haute. Le mot est joli, féminin, il s'éteint dans la bouche avec grâce ; je ne peux m'empêcher de le trouver assorti à ma mère.

De la main je ratisse la nappe de graviers, j'y répartis les amas de fleurs mieux que les fossoyeurs ne ne l'ont fait. Je m'assois sur la bordure de granit rosé où brillent des pointes de mica noir. La croix est abîmée, la dalle d'ardoise est sale. Il faut que je remette en état la tombe de mes parents...

Je me souviens mal des funérailles de mon père. J'étais trop occupée quand il est mort. Trop jeune aussi. J'ai dû très vite nouer le temps d'avant et celui d'après. C'était aisé, maman était là pour assurer la continuité.

Tiens ! une violette... Non, c'est une pensée... Une minuscule pensée violette a poussé parmi les graviers blancs. Personne ne l'a piétinée tout à l'heure ! Je fléchis le genou devant ce signe adorable (il ne s'invente pas !)... Je cueille la pensée, la respire, en songeant qu'à l'inverse des fleurs, le présent doit être fané pour exhaler son parfum, puis je la pose sur la tombe en écartant les grosses couronnes.

La pensée, me dis-je, c'est la mort en fleur... Au fond, il aime la mort, celui qui aime penser... Et penser, quelle meilleure raison de vivre ?

Une fleur de rien du tout me donne envie de croire à la métempsycose. De Socrate, avant qu'il boive la ciguë, ses disciples attendent un mot de passe. Or, Socrate fait des vers et chante les airs enfantins qui conduisent au pays des muses, – de la réminiscence. Alors j'emboîte le pas à Socrate, et je chante à mi-voix la berceuse d'Ariane.

Mignonne aux yeux de vi-olettee,
que fais-tu là, triste et seulettee ?
Chèère Cendrillon, vite pa-a-re-e-toi !
Laisse aujourd'hui ta quenouillettee,
va danser au bal donné paar lee roi !
Aaah, dites-moi, gentille fé-é-e,
pour la nuit je suis vêtuue,
je n'ai point d'aatours, de gaieté bien peuu,
laissez votre filleule assise au coin duu feu.
Alors la fée soufflant sur elle
rend sa beauté surnaturellee,

la voici vêtuue en satin li-ilaas.
Un beau carrosse attend la bellee
qui, légère, saute et rit aux ééclaats.
Aaah ! fit le roi, belle inconnu-u-e
sois parmi nous la bienvenuue !
On la trouve exquiise et le fils du roi
lui dit tout en dansant : Je n'aimerai quee toi.
Mais il faut partir car il e-est mi-inuit.
Un beau petit soulier de verree tombe de son pied
tandis qu'ellee fuiit.
Triiste, le prince le rama-assee
Qu'il est jolii, qu'il a de grââcee !
Cherchez-moi, dit-il, dans le monde entier,
la belle qui pourra chausser ce fin soulier...
Et dans le pré sur l'herbee vertee
à leur mariage il fit bon daanseer.

Se peut-il qu'Ariane ait laissé traîner la voix sur tant de syllabes ? Quelle patience a dû lui coûter cette berceuse ! Comme elle devait penser à autre chose, avoir hâte d'arriver au bout ! Or moi, avec le pesant cataplasme à la moutarde sur la poitrine : « Ça brûle, maman, chante encore ! »... Les efforts imaginés de ma mère me bouleversent.

Et voici que la brûlure à nouveau s'éloigne, tandis qu'elle revient jeune et chantante à ma mémoire...

La berceuse de maman devient un requiem pour une mère...

Oh, qui dira dans l'air du soir la promenade mélancolique, inutile quoique indispensable, entre les tombes, et la nostalgie qu'on égrène : Je ne la verrai plus, paniquée, chercher des lunettes égarées ou fouiller son sac à main à la recherche de papiers introuvables... Je ne soulèverai plus les coussins d'un fauteuil pour brandir lunettes et papiers retrouvés... Je ne la verrai plus nouer son foulard sous son menton... Je ne la verrai plus traîner le pas sur la dune, ni faire en courant le va-et-vient entre le garage et la maison pour relancer la chaudière qui tousse... Je ne verrai plus s'agiter dans l'air la fine attache de son poignet tandis qu'elle cause et cause... Je ne la verrai plus serrer avec élégance le gant droit dans la main gauche... Ni me guetter sur un quai de gare... Ni compulser les dictionnaires et triompher des mots croisés : « Ah ! j'ai encore ma tête, Caudie ! »... Je ne l'entendrai plus dire...

Ma mère m'inspirait des sentiments furieux, il ne me vient plus qu'un adagio très doux qui berce la pensée inopérante... *Langoureux vertige...*

Oh, si la résurrection existait bel et bien ! Si les morts étaient quelque part, tout autres comme le Dieu incompréhensible dont on peut juste dire qu'Il est tout autre !... Je serais moins triste si Ariane était – quoique tout autre, si je savais qu'un jour à venir, moi aussi tout autre, j'allais la rejoindre... Sur la place de l'église, une vieille dame, restée célibataire pour se consacrer aux enfants de sa sœur, m'a dit : « Ce serait trop affreux, Claudie, s'il n'y avait rien *après* ! si on avait souffert pour rien ! »

Hélas, Ariane n'est pas montée au ciel, elle est tombée en terre. Il n'y a pas de sauveur extraterrestre. Elle ne repose dans les bras d'aucun Seigneur.

Elle est la négation de ce qu'elle fut.

Mais dans son trou, ma mère creuse un vide où j'ai maintenant la négation à nier.

J'ai voilé sa face, j'ai à la dévoiler.

Il me faut descendre mentalement dans cet abîme de deux mètres sur deux, faire la lumière sur la nuit d'Ariane, y tenir son crâne comme Hamlet tenait celui de Yorrick, – exhumer ses mânes.

Je vais gratter ma plaie, maintenir ouvertes les lèvres de ma blessure. Pour qu'y passe le souffle de maman, que s'élève sa présence *pneumatique*. Je vais saisir sa mort à bras-le-corps et prendre à revers l'irréversible ; il m'a cogné la tête contre le mur de l'absurde, le mur renvoie ma tête comme une balle.

Je suis obligée de rebondir.

Du reste, je suis pleine de vie. Même, je me sens d'autant plus sur la terre que ma mère est dessous. N'est-ce parce qu'elle me porte ?... La terre-le ciel, le ciel-la terre, boule de neige... Je me dis que la volonté humaine est surhumaine... de naturel.

Parce qu'elle l'est, je sillonne le cimetière en chantonnant : *Que des cohortes d'anges bercent ton sommeil...* Je ne crois ni aux anges ni à ce sommeil, je crois au fait de chantonner. Ma mère allait, contre vents et marées, le chemin de son monologue. À mon tour, je vais monologuer.

Dans un champ voisin, les blés sont mûrs. La Faucheuse a emporté Ariane. Son corps et mon deuil vont se dessécher comme les épis. Ils doivent devenir du froment.

Des croix et des croix. Des plaques commémoratives de porcelaine. J'en riais, sotte que j'étais. Elles m'attendrissent – festin innocent pour la barque des morts. Je lis : *C'est comme si je perdais une partie de moi-même, désormais la vie ne sera plus la même.* Là : *Quoique je fasse, où que je sois, rien ne t'efface.* Plus loin : *La mort a déchiré nos cœurs, ni le temps ni l'oubli ne tariront nos pleurs.* Puis encore : *Le livre de la vie est le livre suprême qu'on ne peut ni fermer ni rouvrir à son choix, on voudrait revenir à la page où l'on aime et la page où l'on meurt est déjà sous nos doigts,* signé Lamartine. Envie d'en faire graver une avec ces mots : *La nuit enseigne à la nuit,* ce serait signé l'Écriture.

Des noms et des noms. Gravés à l'or fin sur le granit. Je sais maintenant qu'il y a eu des êtres ardents derrière ces noms.

Je reviens à la maison en passant devant l'école où j'allais, enfant, chaussée des socques qu'il fallait quitter au seuil de la salle de classe ; les semelles en feutre de nos chaussons d'écolières faisaient briller le plancher ciré. Révélation brutale qu'elle est née là, ma passion pour les parquets qui reluisent et sentent bon la cire.

Je m'assois sur une marche du perron et regarde *Ghislaine de Féligonde*. Maman, je planterai chaque année un rosier. En mémoire de tes derniers mots.

D'une pile de disques j'extrais la Quatrième symphonie de Mähler. Il y a, comme ça, des airs qui vous grisent. Ils ne vous grisent pas sans raison. Si la raison était qu'ils répondent à un Dieu préexistant en nous ? J'écoute et réécoute le mouvement final.

J'erre dans le logis déserté. Je monte, j'enfile ma chemise de nuit. Pas de peignoir. Je descends. La robe de chambre bleue de ma mère. Dans la glace, je vois Ariane + moi.

Attention. Il faut que je la coule en moi, surtout pas que je me coule en elle. La résurrection, c'est rayonner d'une vie multipliée par une vie éteinte. Je me convaincs de ça en écoutant Mähler, mais suis sans forces pour tout ça.

Or, il me reste de vouloir être plus forte que la mort – en sachant que je ne le serai pas. Il ne me reste *que* le vouloir... Le vouloir n'est rien d'autre que la joie.

La joie est trop dure. Je n'en peux *plus*. Enfoncée dans *Naxos*, je pleure enfin sans mesure. Mais parce que les hoquets du sanglot soulagent, monte la sensation que du non-pouvoir un pouvoir va émerger.

Je vais poursuivre loyalement le duel et être plus forte que ma mère, – plus forte que ma ressemblance avec elle. Ce faisant, je lui donnerai la seule victoire dont puisse se réjouir le maître.

On dit que le charme est lié à la prétérition. Je vais rendre son charme à l'être d'Ariane. Elle ne savait pas jouir parce que jouir suppose de la lenteur. Je vais m'appliquer à la lenteur, et des mots pousseront, non sur elle, mais à partir d'elle.

Une mère décède, une fille lui succède. La chaîne humaine impose sa loi. Sa loi, c'est que la vie est extensible. La maison va s'étendre à moi. Elle est la trace en creux que je dois combler. Je vais prendre en mains physiques l'héritage mental. Héritage sacré. Avec de bonnes odeurs de soupe et de cire !

La mort est vaincue – bien sûr – quand elle a rendu plus vivants les survivants. Je vais, tiens ! faire ouvrir le conduit de la cheminée, il faut qu'une cheminée fume. Et je vais changer les meubles de place. Elle adorait ça, maman, déplacer les meubles. Sur un coup de tête, elle descendait à la pharmacie : « Yves, viens m'aider ! – Une seconde ! j'arrive ! » Laisser les choses en place, c'est laisser Ariane mourir deux fois !

Demain j'ouvre les volets, et toutes grandes les fenêtres. Demain je fais entrer l'air et la lumière...

Je regarde alentour. Je vois, je vois, maman, dans ton visage de miel chaud, courir tes prunelles anxieuses. Mes yeux à moi courent d'une vision à l'autre. Tu es là. Mon clair miroir. Tu vas rester là à travers ma création. Il me faut juste un peu de temps... juste une nuit de repos...

Ensuite, à nous deux, la fidélité !

Somme toute, les morts nous doivent la vie. Je ne me tirerai du deuil que par cette pirouette. Pirouette sacrée. Ma mère morte fait que je me sens en vie. Le graal, me dis-je, c'est ça.

Le graal est la pure sensation de vie.

V

Peine perdue, joie conquise

Le surlendemain de ses obsèques, j'ai reçu une lettre de ma mère. Elle écrit : « J'aime ma maison, mais je n'aime pas la solitude. Je te demande pardon pour les soucis que je te donne. Et je te remercie de ta gentillesse. C'est bon de se savoir épaulée. *Maman.* »

Revenue à Paris, je n'ai pu m'empêcher de composer son numéro de téléphone. Roland avait fait couper la ligne ; une voix a répondu : « Il n'y a plus d'abonné... » Dans ma boîte aux lettres, il n'y avait l'écriture fine et bleue sur aucune enveloppe.

Alors la sensibilité m'est revenue comme à un grand brûlé.

Ces événements ont eu lieu il y a un an et demi maintenant. J'ai écrit à l'ombre d'un visage qui n'est plus, de jours en allés, – près des choses restées.

J'ai vu passer un automne, et se fondre à la couleur du clocher les feuilles brûlées du tilleul. J'ai vu passer un hiver, et le clocher se ceindre de branches nues comme d'une couronne d'épines. J'ai vu passer un printemps, et le clocher émerger d'un nid vert tendre. J'ai vu tomber à la campagne la nuit qui rassurait Ariane, et s'y lever le jour qu'elle redoutait.

J'ai rêvé d'un au-delà où ma mère percevrait ce que je dis, ce que j'écris, ce que je pense, ce que je n'ai pas pris la peine de lui dire de son vivant.

Au cimetière j'ai remplacé les couronnes mortuaires par des hortensias violets, puis par des chrysanthèmes mordorés, puis par les jonquilles qu'Ariane guettait sur la pelouse au printemps, puis j'ai disposé les pompons de *Ghislaine de Féligonde* – le rosier « pas fameux » a grandi, il a multiplié ses petites pommes de mousseline ivoire –, et dans un vase rempli de graviers, j'ai serré les fleurs en soie du salon. Puisqu'on est *quitte de mettre de l'eau*, la tombe en mon absence reste fleurie. (À Paris j'ai eu, au moment des soldes, une crise « fleurs en soie », évoluant sans me lasser parmi les bouquets du fleuriste Emilio Robba !)

J'ai fait remplacer la croix de granit par une plus ciselée, et le Christ en biscuit abîmé par un autre en bronze qui dit l'abandon au Père plus que l'abandon du Père. Je les ai découverts dans l'arrière-cour du marbrier ; démodés, ils partaient à la décharge. Dans un éclair, j'ai vu Ariane s'enchanter de ma trouvaille : « Comme tu es dégourdie, Caudie ! Quand je te dis que tu aimes la vie !... Tu les as eus pour une bouchée de pain ! Il fallait en prendre plus ! – On n'a qu'une tombe, maman ! – Tu as raison, Caudie... »

Sur les graviers blancs, il y a une plaque de marbre anthracite portant deux dates gravées à l'or fin qui me plaisent, car elles vont bien avec Ariane : 1920-2000 ; c'est un drapé qui claque. Une autre, avec la mention : « À notre chère mamie », est illustrée d'un portrait ovale ; il me fait penser à Virginia Woolf. Mes enfants ont choisi un profil : Ariane regarde ailleurs : *elle est dans la lune*. Et je souris : la mer allée avec le soleil, ma mère allée avec la lune...

Des photos, j'en regarde souvent. Elles ont modifié le regard que je pose sur toutes les photos. J'y vois désormais une halte dans la vie. Une brèche pour la mort. Un début de destin.

Je me suis laissé gagner aussi par le charme suranné d'une porcelaine en forme de livre représentant, sur la page de gauche, encadré de glycine violette, un banc en lattes blanches sous une fenêtre à petits carreaux : on dirait celle de la chambre d'Ariane. Sur la page de droite, j'ai fait inscrire ces mots : *La résurrection est la lumière dans laquelle nous tenons ceux que nous avons perdus.* Laurence raille ce « mauvais goût achevé ». Roland, ému, dit que je joue. « Deux sortes de gens, Roland : les négligents et les impatients !... On joue ou on néglige !... Et puis, mon goût des maisons, des jardins ! »

Son jardin tombal, ma mère s'en moque. Mais le respect commande.

Depuis un an et demi, je vis axée sur ces quatre jours. J'ai essayé d'écarter l'écriture. En vain. Je me suis résignée à écrire une heure par-ci, par-là. Vite, je repoussais mon cahier. Le jour où le passé m'a laissée un peu tranquille, je l'ai provoqué.

De pensée élaborée, à l'époque j'ai été incapable. Il y a eu des bribes de pensée que j'ai tâché rétrospectivement de mettre en forme. Mais j'ai beau agripper à la mémoire ma réflexion comme un harpon, je glisse. Ainsi ai-je écrit pressée d'en finir, comme si j'avais la mort aux trousses ; quoique affolée à l'idée d'en finir, comme si la mort m'attendait au dernier mot.

Cela dit, pour être tout à fait loyale, j'avoue avoir médité avec bonheur la mort de ma mère. La vérité, qui est perverse, et pervertissante en ce qu'elle exhausse le cœur, exige que je dise cela. Même, que j'ajoute : j'ai contemplé la mort de ma mère pendant quatre jours, c'est-à-dire évolué dans le temple de sa mort, et m'y suis sentie bien. J'ai connu un plaisir subversif à vivre le deuil à fond.

(À moins que la vie n'ait fait du deuil l'élément où j'évolue comme un poisson dans l'eau... Mais c'est une autre histoire...)

Aujourd'hui, solstice d'hiver, le soleil est au tropique du Capricorne et va renaître. Les jours vont s'allonger. Je pose mon stylo.

M'immerger dans le passé ne fut pas sans danger ; c'était affronter la culpabilité et l'hérédité. Rivée à ma table, j'ai eu froid. Pour me réchauffer, j'endossais le paletot rouge d'Ariane. J'ai voulu aller jusqu'au bout de la ressemblance, la défier. Elle m'a réjouie, elle m'a navrée. Je l'ai combattue, je l'ai modelée. J'ai tâché d'en extraire le meilleur.

Pour émerger. Ou mesurer ma force.

Je crains qu'avec l'âge, cette force diminue. Parfois, j'ai envie d'*avoir l'air* de ma mère. Parce qu'il me va comme un gant. Parce qu'il fait bon se lover dans l'atavisme. Alors je bois un peu d'alcool, et je me laisse aller à la mélancolie si familière. Les bouffées de tristesse sont une douce récréation avant la re-création.

À travers la lecture, ces quatre jours ont pu vous paraître distendus. Des distorsions, en effet, se sont imposées au fil de l'écriture. C'est que la vérité est une chose faite main : comme au tapis persan, elle a ses nœuds ratés prouvant le travail fait main de l'ouvrière. C'est surtout que la vérité du passé inclut la vision d'aujourd'hui – et de demain. Ainsi la vérité d'il y a un an n'est-elle même pas chose finie.

Au vrai, j'ai joué avec le balancier d'une horloge, fait tourner à l'envers les aiguilles, remonté un mécanisme. Pour autant, c'est en avant que le temps poursuit sa route.

Je n'en viens pas *à bout*. Pas plus que Raymond Devos de son bout de bois qui pourtant a deux bouts. La mort de l'autre n'a qu'un bout. Elle commence. L'autre bout est notre propre mort. La mort de ma mère n'est donc pas tenable.

Achab vivant ne peut venir à bout de la Baleine blanche.

Herman Melville fait tellement partie de moi que seulement aujourd'hui, je vois la figure de Moby Dick émerger de celle de ma mère sous son édredon de neige. J'ai la révélation à l'instant même que j'ai mené sans le savoir mon combat de baleinière... Néanmoins, je n'ai été qu'Ismaël... Et qui s'attache à la trace consent à l'oubli.

Ce que je n'oublie pas, c'est le sensoriel. Le froid m'a si bien gagnée ces jours-là que les revoir en pensée suffit à ce que je sois regagnée par ce froid.

Et attirée par les hauts-fonds.

Ainsi, je me demande s'il y a eu dans ma vie quelque chose de plus pur et de plus intense que ces quatre jours auprès de ma fascinante petite morte. Ils se sont inscrits dans ma tête comme des jours sublimes. Sublime veut dire : suspendu en l'air.

Je voudrais que tous mes jours soient à cette hauteur. Ce huis-clos étrange fut une théophanie.

Mais Ibn'Arabi écrit : « Si des sommets mystiques tu ne redescends vers les hommes, ton extase était fausse. » Il a donc fallu, à la lettre, rapporter mon naufrage.

J'ai essayé la garde-robe d'Ariane. Tout m'allait à ravir. Y compris la menace d'être ravie à moi-même. Selon son vœu, exprimé un soir du fond du lit : « Caudie ! où es-tu ? Laisse ton livre et viens, j'ai des choses importantes à te dire ! », j'ai appelé ma tante qui fut très bonne pour sa sœur : « Tiens, garde ou distribue ». Parfois, dans le village, aux abords de la maison de retraite, je vois se promener des jupes, des vestes que je connais. Cela me met le sourire aux lèvres.

Laurence et moi avons gardé les manteaux Fouk's et des calots de fourrure resserrés par Ariane, qu'avec la même maladresse j'ai décousus pour les ramener du 55 au 57. J'enfile devant le miroir le manteau gris cendré de la dernière photo, mais je ne suis pas encore sortie ainsi vêtue. Pas encore. Le très vieux, le rouge, je le porte en allant – par le « petit chemin », car dans la rue j'ai de plus en plus de mal à faire attention aux voitures – au marché du village.

C'est que j'aime revenir dans la demeure d'Ariane. Ici je coïncide avec moi-même. Le vent, la pluie. Rien de gai, rien que de profond. Ici est mon habitation nodale, île pour la nageuse perdue en mer, lieu générateur de sacré à la jonction des temps.

Aimer, c'est joindre, dit Giono. – Pas rejoindre.

Dans le jardin, j'ai fait livrer dix mètres cubes de gravier que j'ai ratissés avec soin. Quand il vient de rares visites, j'écoute, pensive, crisser les pneus... La chaudière continue de tousser, je fais le va-et-vient entre maison et garage... Dans le salon, je regarde *Naxos* plus que je ne m'y assois... La chambre, je l'ai laissée longtemps telle que ma mère l'a quittée. « Tant que le châtaignier n'a pas fleuri, garde une couette sur ton lit ! » m'écrivait la frileuse. Un jour, Roland a dit : « Ça suffit, remue tout ça ! » (Il s'est mis à me parler exactement comme il parlait à sa mère.) J'ai monté l'édredon au grenier – quand ont fleuri les châtaigniers. En juin, le mois que j'aime. Et j'ai remplacé le lit étroit par un grand lit. Je dors là. Je travaille là. Le jour baisse et se lève plus tard qu'à Paris, la perception du temps aussi est différente. Le petit bureau Louis XV en merisier de ma mère était face au mur ; ma grande table Art Déco en acajou est face à la fenêtre. Je lève les yeux vers la haie de fusain mêlé d'escallonia, vers la vigne vierge qui grimpe sur le toit du garage, je regarde l'araucaria dont je rêvais et que Roland m'a planté. – Il n'est pas fameux, cet araucaria ! Si lent à pousser, si épineux !... À gauche de mon cahier, il y a une photo d'Ariane sur l'oreiller de neige, une autre d'elle éclatante de fraîcheur à vingt ans, habillée aussi d'une longue robe blanche, la main retenant une capeline d'organdi. Presque la même retient la page de cahier où les mots ricochent après que je les ai sentis pleuvoir en moi doucement.

Je relis souvent ses lettres : « Avec le temps, va, tout s'en va... C'est faux, Claudie, il reste des cicatrices qui s'ouvrent pour un rien, et font mal. Tu en sais quelque chose. »

Récemment, j'ai demandé à un médecin : « Puis-je espérer mourir de la même mort ? » Il a répondu : « Ce n'est pas exclu. Non parce que vous êtes sa fille, mais parce que vous aurez été seule ce jour-là. »

Pourvu que je sois seule ce jour-là.

À Paris, j'ai fait un rêve. J'entendais s'ouvrir la porte de mon appartement sans qu'on ait sonné. Ariane apparaissait au seuil de ma chambre. « Maman !... D'où viens-tu ? – J'arrive de loin, Caudie... Je suis fatiguée, j'ai hâte de rentrer chez moi. – Ça tombe bien ! disais-je, je pars pour Ploudal demain, je t'emmène ! » J'ai ajouté : « La tête qu'ils vont tous faire en te voyant arriver avec moi ! » Nous avons ri de bon cœur. « J'ai faim, Caudie ! – Bien sûr, maman ! » Je lui ai pris son bagage des mains et l'ai entraînée dans la cuisine. Je n'avais pas de raie au beurre noir à lui servir, je préparais je ne sais quoi tandis que nous parlions, exaltées par les retrouvailles. Il y a eu un peu de fumée. Négligemment, j'ai ouvert la fenêtre... Et ma mère s'est volatilisée dans le ciel.

Réveillée par l'effroi, j'ai passé le reste de la nuit à tenter de faire marche arrière non dans un rêve, dans une réalité supérieure.

Qu'est-il advenu d'elle ? Je perçois son être flottant, c'est tout ce que je sais.

Hier, Roland, que je regardais bêcher la terre de son potager, la retourner, à l'aube de l'hiver, pour qu'elle respire et boive mieux la pluie, a levé la tête et m'a dit, appuyé sur le manche de son outil : « Du temps de ta mère... »

Son temps, le mien... J'ai pensé : Les gens meurent, les fleurs se fanent, les choses se brisent, les cicatrices s'ouvrent, les rêves nous chavirent, la force du temps ne se fêle même pas. Pourquoi, pourquoi ?... Parce que la mort, le flétrissement, la brisure, le souvenir, le rêve, tout vient en son temps...

– Le passé est une variété du présent, Roland... C'est de saint Augustin.

Près de *Ghislaine de Féligonde,* paré, comme d'un collier d'ivoire bruni, de dix pompons crémeux aux reflets abricot et chamois, pend, au seuil de la maison ouverte, un rideau en perles de buis et noyaux de fruits exotiques laqués de vert Véronèse et rouge de Chine. À Brest, dans la cour des Chiffonniers d'Emmaüs, le matériau et les couleurs profondes ont attiré mon œil. Ballotées par le vent, les perles de bois s'entrechoquent doucement.

Quel fantôme frappe à la porte ?

Table

9782841002917 1 / 1F

C'EST DE FATIGUE QUE SE FERMENT LES YEUX

FOURIER C

CHRIS

Commande 823001778 du 10/01/03

Composé et mis en pages par DV Arts Graphiques à Chartres,
cet ouvrage a été achevé d'imprimer en juin 2002
sur système Variquik
par l'Imprimerie Sagim à Courtry
pour les Éditions Bartillat

Imprimé en France
Dépôt légal : août 2002 – N° d'impression : 5848
ISBN : 2.84100.291.8